教育部人文社会科学规划基金项目成果
项目编号x2xcY9150100

新闻传播学前沿丛书

写在新闻至深处

中外文学新闻叙事研究

李梅　著

WUHAN UNIVERSITY PRESS
武汉大学出版社

图书在版编目(CIP)数据

写在新闻至深处:中外文学新闻叙事研究/李梅著.—武汉：武汉大学出版社,2021.8
新闻传播学前沿丛书
ISBN 978-7-307-15289-2

Ⅰ.写… Ⅱ.李… Ⅲ.报告文学—文学研究—中国 Ⅳ.I207.5

中国版本图书馆 CIP 数据核字(2019)第 295154 号

责任编辑:胡国民　　责任校对:李孟潇　　版式设计:韩闻锦

出版发行：**武汉大学出版社**　(430072　武昌　珞珈山)
(电子邮箱：cbs22@ whu.edu.cn　网址：www.wdp. com.cn)
印刷:武汉邮科印务有限公司
开本:720×1000　1/16　印张:8.75　字数:124 千字　插页:1
版次:2021 年 8 月第 1 版　2021 年 8 月第 1 次印刷
ISBN 978-7-307-15289-2　定价:38.00 元

“新闻至深处”是世情世态、人心人情的“真相”——代序

新闻是什么？顾名思义，新闻就是把新近发生的事情说给人听。陆定一给出了一个对中国新闻事业影响深远的新闻定义：“新闻的定义，就是新近发生的事实的报道。”①那么，接下来要回答的问题就是：所谓“事实”是什么？

新闻学是研究新闻事业和新闻工作规律的科学，也是一门严肃的人文社会学科。德国学者普尔兹于 1845 年出版的《德国新闻事业史》被认为是世界上最早的新闻学著作。以此为标志，新闻学开始超越单纯业务研究的微观视野，从事物发展的宏观角度，解释新闻活动的客观规律，从业务“术”转向理论(学)研究。20 世纪 20 年代，系统化的新闻理论创立于世，代表作如 1922 年李普曼的《舆论学》、1924 年约斯特的《新闻学原理》以及 1956 年施拉姆发表的《报刊的四种理论》等。这些代表着新闻学发展高峰的研究思想，基本是从新闻哲学、新闻现象的深层本质以及新闻与其外部环境即社会体制的关系等角度，对新闻进行深入研究。可以肯定的是，这些研究基本是对新闻及其外部关系的研究，并未涉及对新闻内部如何构成的质疑。在这些研究里，新闻就是消息或报道，而这些消息和报道就是事实，而所谓“事实”就一定是客观的。

但这个被西方新闻业奉为至高原则的新闻“客观性法则”自始至终都受到来自不同历史阶段的支持和坚守，还有质疑和挑战。美国报纸发源于刊登贸易消息和来自欧洲故土的事情，自然只有追求真实报纸才好卖。进入独立战争时期，党派纷争激烈，1791 年的宪法第一

① 陆定一. 我们对于新闻学的基本观点[N]. 解放日报，1943-09-01.

修正案指出“国会不得制定关于以下事项的法律：确立国教或禁止宗教自由；剥夺言论自由或出版自由……”它在保护新闻和言论自由的同时，也成为不同党派利用报纸吹嘘自身、打击对手的理由，这时的报纸显然根本无法做到所谓客观事实报道了。直到19世纪30年代印刷技术进步，大幅降低报纸生产成本后，便士报的崛起促进了新闻业革命化飞速发展。工业化奇迹给社会带来的巨大变化，导致社会思想中的科学经验主义大为流行。所谓新闻的“信息模式”在报纸生产的工业化过程中很是成功，人们更相信新闻有一种终极的“客观性”性质。但很快欧洲卷入第一次世界大战，经过对残酷的“一战”的报道，人们又发现，无论是对战争的宣传还是对战争过程的报道，都并不是客观真实的。个别社会名流参战，大小报纸整版报道，而对战场上死伤无数的士兵，人们甚至连名字都找不着。① 于是，人们才发现新闻其实是“主观”的。到了20世纪60年代美国社会民权运动、女性平权运动以及青年反叛运动等各种社会批判浪潮风起云涌，尤其在经历了1950年“麦卡锡事件”之后，美国社会处于极其复杂和动荡的历史时期，人们愈加觉得所谓过于依赖科学步骤和写作要领的客观性新闻，非但无助于反映所谓客观的社会现实，反而丧失了新闻媒体的道义责任，转而维护和粉饰现行权力结构中的不公。以汤姆·沃尔夫为代表的新新闻主义，以及倡导性新闻学、调查性报道、精确新闻报道，都是在这一社会历史背景下崛起的。就像汤姆·沃尔夫坚信传统的新闻报道已无法真实展现错综复杂的社会一样，在这些新闻从业者看来，“客观性法则”往往因对事实细枝末节的过度关注和所谓科学采编流程的局限而丢掉了真理和正义。传播学奠基人施拉姆在《大众传播的责任》一书中引述学者观点：“那种平铺直叙、单一层面的处理手法，使谎言和真相受到同样重视、并相互拮抗，把傻瓜的影响力提升到与睿智之士同一水平，无知者与饱学者地位相

---

① ［美］约翰·C. 哈索克. 美国文学新闻史：一种现代叙事形式的兴起［M］. 李梅，译. 上海：复旦大学出版社，2019：11-12.

等，罪恶与善良亦无所差别。”①这时，文学性的、深度故事性的叙事新闻因一系列优秀作品的出现而从新闻实践开始进入理论领域。

但这并不能代表文学性新闻就被真正重视。近百年来，叙事性的新闻文体以新新闻主义、报告文学、纪实文学乃至非虚构等名称发展于全球诸多国家，至今在理论研究上仍处于新闻与文学的夹层和边缘位置，尤其是大众传播学兴起以后。以互联网技术为代表的信息时代的到来，由于大数据的出现和媒介个性化、个体化的巨大变化，给新闻学研究带来了巨大挑战。受众开始质疑传统媒介的可靠性，无视信息化所带来的新闻碎片性，甚至对新闻的“真”与“假”都已经失去了辨别的兴趣。那么新闻到底应该恪守“客观性原则”还是承认新闻的“主观性”不可避免？技术和数据至上者依然坚持认为，只要紧紧依靠技术和数据的支持，媒介依然可以向世人提供最客观的事实。而人人皆记者、人人拥有自媒体的世界，每个人都只相信自己愿意相信的事实。

2015年诺贝尔文学奖获得者白俄罗斯记者亚历山大·阿列克谢耶维奇主要致力于关于苏联的历史写作。她通过对大量的普通俄罗斯民众的采访获得第一手资料，用看似极其朴素实为一种写作用心的文体，将一个不为世人所了解、完全是对官方苏联历史颠覆性的苏联叙事呈现于世界。正如诺奖颁奖词说的：“她的复调书写，是对我们时代的苦难和勇气的纪念。”意大利史学家克罗齐说：一切历史都是当代史。阿列克谢耶维奇所做的正是从当下还活着的人“心中”打捞历史的事情。因为她从自身的写作经历出发，为客观的历史是不存在的。历史是由后人不断加工而成的。作为当代史之记录者的“新闻”，一样不会有一个绝对符合“客观法则”的事实叙事。当下社会已经进入所谓“后人类”时代，人们不仅每时每刻沉浸于信息的海洋，生物科技的发展甚至将人类变成一种肉身和信息技术的合成物种，那将会是一个以自我为中心的甚至是不死的“新物种”。每个人都会根据各自对世界的理解，选择性接受或传播自己认为是合理的信息。对同一

① ［美］施拉姆. 大众传播的责任［M］. 程之行，译. 台北：远流出版事业股份有限公司，1992：13.

个生活场景或即时发生的事件，每个人给出的都是自己的版本，记忆和描述（包括叙述的语言和方式）都将是选择性的。因此，阿列克谢耶维奇认为不存在历史的本来面目这一说。历史就是根据每个人的理解和认知而一步步创造出来的。这就意味着历史永远有缺憾，这种缺憾要靠我们一步步弥补、一点点丰满而最终形成。归根到底，历史的真谛和本质就在每个人心里，她说是每个人的“激情”。

所以，为了能让新闻成为尽可能客观的当代史，为了信息化、碎片化新闻背后的新闻，新闻应该往“深处去”。在一个新闻事件中，能做到像外科手术一样精确的，也许只有时间和地点这两个因素，而至于事件本身，则不可能有一个完全符合“客观性原则”的叙述。“往深处”去的新闻，就是在同一事件的各种版本后，找寻“真相”，这个“真相”，用阿列克谢耶维奇的话说就是，“我感兴趣的不是事件本身，而是事件的感觉。感觉就是真实”，“感觉”可能更接近真相。而感觉只能是人的感觉，所以她说：“我所研究的是被遗漏掉的历史，我与真实的人进行接触，观察他们的言语和行为。我所感兴趣的是他们内心世界里的东西。这其实也就是我们的第二真实，会反映在行为、愿望、磨难等等之上。我尤其好奇小人物身上所发生的事情，于是在写关于苏联社会主义的覆灭时——为什么一个美好的构想最终以失败与血腥收尾？——我尽力不去表现社会主义在整体上是怎样的一个构想，而是从人的内心世界人手。不去歌颂英雄主义，而去表现小人物在这样的大历史中、这样时代的剧变中，他们如何反抗，他们的身上发生了什么，一切又在多大程度上取决于他的善恶取舍。也就是说，我用人心的小历史来组成时代的大历史。”①因此，新闻至深处自然有真相，这个真相并不局限于一人一事一物的数据化精确性，而是世情世态和人心人情的真相，是灵魂的真相，这些才真正构成了历史的真相。《二手时间》里有一句话说：也许我们的记忆力会减退，但

① 胡梦楠. 专访阿列克谢耶维奇：以善之名凝视恶[EB/OL].[2016-08-30].http://www.sohu.com/a/112800096_458191.

灵魂会记住一切。① 灵魂记忆的根本就在于当时的事中人是怎样感觉的？杜鲁门·卡波特的《冷血》之所以能成为一部标志性的作品，就在于它不仅仅是写杀人事件，而是深刻地写出了两位杀手在事中的“感觉”，写出了他们最真实的灵魂状态，尤其是对于佩里的描写。卡波特认为《二手时间》里不仅涉及关于事件的记录，例如斯大林时期的政治和社会情况，席卷全球的资本在俄罗斯造成的影响以及民族和种族等这样的大问题。同样地，它也涉及灵魂方面的记忆力，比如死亡和信仰。这正如司马迁，司马迁写很多重要的历史事件，都是一笔带过，但是当涉及人物状态、人物感情的时候就着墨颇多。这就是事件记忆和灵魂记忆之间的区别。

那么，怎样的新闻叙事才能抵达这种世情世态的真实？答案是：人心人情的真实，以及由诸多小人物的“感觉”真实所组成的灵魂真实；而不是新闻客观性原则下外科手术一样的精确记录，更不是巨多数据，哪怕把数据万般可视化亦都难以做到，能做到的只有讲故事，而且把故事讲到甚至比所谓的小说还要更“文学”、更有艺术性，正所谓“文学性的新闻叙事”。文学新闻，英语“literary journalism”就是指所有以文学艺术的方式完成的纪实性新闻叙事，而不是字面的有关于文学的新闻，所以，精准的说法应该是“文学性新闻”。这个概念包括两层意思：(1)所写必须是建立在事实之上而非主观(个人或集体的)虚构；(2)叙事方式从框架到文字、句式表达都带有一定的个性化的文学艺术彩色。于是，新闻客观主义者认为它有太多主观性表达，所以不属于正宗新闻研究家族成员；而那些奉文学为象牙塔里之精英艺术的批评家则认为它是写事实的，所以高贵的文学殿堂也不愿意给它安置一把椅子。所以，这种文体从出现开始就带有命中注定的边缘和交叉色彩，纽约州立大学新闻传播学院的约翰·C. 哈索克教授则称之为“一种现代文体的出现”。在其《美国文学新闻史：一种现代叙事形式的兴起》中，哈索克教授提及有“历史学之父”之称的希罗

① ［白俄］S. A. 阿列克谢耶维奇. 二手时间［M］. 吕宁思，译. 北京：中信出版社，2016：155.

多德，认为他的九卷本叙事体《历史》其实就是最早的文学新闻。

希罗多德的所谓叙事体《历史》其实就是以讲故事的方式记录历史，最初的名字应该是“希罗多德的调查报告”。从写作方法和结构来看，《历史》最突出的特色就是在一个贯穿始终的故事中，嵌入一个又一个插话故事，甚至在插话之中再插话，环环相扣，形成引人入胜的“故事链”。而这正是东方文学的传统特色。每卷可能以某个王为中心，也可能是从历史长河中的某个精彩片段的某个细节、某段对话开始，整体叙事没有固定的模式，就是怎么讲得好看怎么讲。希罗多德《历史》最伟大的成就之一就是真实性和艺术性的完美结合。吉尔伯特·默雷的《古希腊文学史》认为《历史》是用散文写成的巨著，开了欧洲散文文学的先河。苏联学者卢里叶在《希罗多德论》中认为，“严肃的科学内容跟具有高度艺术性的表述方法结合在一起，他的《历史》也正是用散文写成的史诗”。①

事实上，从这个角度来说，笔者认为比希罗多德晚近200年的西汉史学家司马迁要做得更优秀、更典型。《史记》以130篇50多万字的巨制，全面展示了上自传说中的黄帝时代，下至汉武帝太初四年期间3000多年的社会状况，首创纪传体编史方法。只需想想《鸿门宴》里的画面，就如同打开一个历史场景与人物的画卷，栩栩如生的史记人物堪称中国文学人物画廊中的瑰宝。鲁迅赞美《史记》乃“史家之绝唱，无韵之《离骚》”。② 西汉大学者刘向评《史记》“善序事理，辩而不华，质而不俚”(《汉书·司马迁传》)。

无论是希罗多德的《历史》还是马迁的《史记》，其写作成就的本质在于用文学的方式记叙真实的历史及当代故事，都是典型的文学性新闻。也就是说，这种文体其实并不是人类社会进入现代社会后才有的，“希罗多德的调查报告”甚至比荷马史诗还要早几百年，不过是

---

① ［苏］罗门·雅科夫列维奇·卢里叶. 希罗多德论［M］. //历史. 王嘉隽，译. 北京：商务印书馆，1957：17.

② 鲁迅.《汉文学史纲要》［M］. //鲁迅全集(第9卷). 北京：人民文学出版社，1981：420.

在人类进入现代社会后这种文体开始兴盛。至今，这类纪实性又文学化的写作依然是人类精神文明财富的重要部分。在号称世界上最伟大的图书馆——纽约公共图书馆评选的“世纪之书：20世纪最重要的175本书”中，此类著作几乎占到1/3还多。至于学院研究，在全美主流新闻传播类学院所开设的课程中，文学新闻是本、硕学生的必选课。课程基本教学用书就是哈索克教授的这本《美国文学新闻史——一种现代叙事形式的兴起》。而从国际范围看，文学新闻研究有真正全球性的IALJS(国际文学新闻研究学会)组织，每年一次的学术年会吸引了来自欧洲及南、北美洲近20个国家的学者积极参与，至今年会已举办了12届。2016年5月，第11届国际文学新闻研究学会年会在巴西南大河州天主教大学新闻传播学院举行，150位来自世界各地的学院研究者以及博士生参加了会议，笔者以《阿列克谢耶维奇“新现实”和中国报告文学的新趋势》应邀作了主题发言。那么，既然这类写作是如此重要，为什么我们的新闻学界以及创作领域从来就没提及过呢？

2014年3月，笔者在《新闻大学》发表题为《作为文学新闻的“我们的”报告文学》一文，文章主要论述了我国所谓“报告文学”和国际学界所说的“文学新闻”之间的文体关系，以呼应哈索克教授之前题为《报告文学：“他者”的文学新闻》的论文，就社会主义国家如苏联，以及南美洲一些国家有关报告文学展开研究。在这之前还有上海外国语大学新闻传播学院的陈沛芹教授将美国“文学新闻”的概念引入国内学界。那么，为何我们早在司马迁时代就有此类介于文学和新闻之间的写作，而至今没有“文学新闻”的理论概念，只有“报告文学”呢？正如哈索克在该文中指出的：“捷克犹太作家基希是中国人熟悉的与中国报告文学起源紧密相关的名字。事实上，中国最早使用报告文学一词来源于1930年从日本翻译的一篇文章，文章认为这是‘德国的一种新兴文体’。”①1932年，基希访问中国，并写作《秘密中国》一书。

① John C Hatlsock. Literature Reportage：The “Other” Literarye Journalism [J]. Gence：Formes of Discourse and Culture，2009，XL II.

对此，记者萧乾曾回忆说:“我不能准确预言我们的‘特写’最终会发展成怎样的形式。我只是记得在三十年代期间，捷克作家基希来到中国，他将他的‘特写’这一文学形式带到我们国家来。”①显然，热衷于周游世界的基希随着国际共产主义运动的兴起，将这一新兴的、自己也乐于实践的新闻写作文体推广到全世界。随着国际共运的蓬勃发展，来自中国的“报告文学”如同在德国、中欧国家及苏联的情况一样，旨在反映无产阶级的斗争生活，赞美轰轰烈烈的社会主义建设，预言共产主义必将最后胜利的主题。显然，中国报告文学之所以呈现出今天的写作面貌，是对原有的、具有极大文体弹性、内容包容性叙事性新闻写作，也就是文学新闻写作的“窄化”，而且这种“窄化”是由我们国家和民族特殊的发展历史决定的。这种“窄化”写作在相当长的历史时期，尤其是革命年代以及中华人民共和国成立后依然基于革命思维模式而进行的和平建设年代，都发挥过不可低估的历史推动作用，甚至进而直接成为意识形态的“解读”、政治思想的“喉舌”和社会运动的“号角”，从而远离了文学新闻了解世界的认识论本质。

经济开放和随之而来的互联网技术使原有的中国社会进入剧烈转型期。用以标志这个转型期的不仅仅是社会和个人财富的剧增，更重要的是在信息传播和社会沟通方式上，对原有以单向灌输为特点的、宣传式的传播模式的颠覆。从报刊电台到全民自媒体，基于原有单向传播模式而建立起来的、所谓报告文学的“人民性、真实性、艺术性”等写作原则一样面临着严峻的挑战。因为在这里，首先曾作为报告文学选材对象的“先进人物”“模范人物”就是某种定义下人民中的“选民”。固定的传播渠道会告诉所有的人，这就是“你的楷模”，这就是“人民”。而在双向的互联网传播时代，人民不再是那些被发声的，每一位“人民”，将会因为不再是沉默的大多数而成为“人类”的一部分。所以，有学者提出来报告文学应该从原来的“人民性”向“人类性”转变。它意味着，一个生活在当下中国的普通人，只要你的故

① [美]鲁道夫·瓦格纳. 中国当代散文研究[M]. 马萨诸塞州，剑桥：哈佛大学东亚研究会，1992：326-327.

事具有非同一般的趣味或意义，你的故事就可以以报告文学的写作方式得以流传。而所谓"真实性"，也因为互联网技术带来的海量信息构成挑战。从人类的视角看人性，人永远是一种相对神性之完美的缺陷存在。今天的读者会从一种和原来迥然不同的观点看报告文学中曾追求的高大全模范人物。"艺术性"建立在前两者之上，若对前两者有怀疑，艺术将沦为"皮之不存、毛将焉附"的滑稽。所以，正确认识报告文学的前世今生，从而做出改变才是这一文体在当下和未来中国能继续有生命力的可能。

基于国家发展历史等原因，中国报告文学不仅是21世纪中国文学的重要组成部分，而且也成为直接传输主流意识形态价值、凝聚社会正能量的独特的所谓"国家文体"。在作品的产生体制上一直存在着"国家队"与"民间队"的区别。"国家队"有协会、有专职作家、有专门发表传统阵地；而"民间队"则以网络点击为目标，靠市场生存，对事实的写作形式也从原来的所谓的报告文学转化为以美国作家杜鲁门·卡波特所说的"非虚构"。非虚构写作者绝不称自己是报告文学创作，而所谓报告文学则在强调自己的真实性的同时绝口不提非虚构。随着近年非虚构写作的兴起，更加大了这类创作的"朝野"之别。"国家队"无疑以为这正统，比如2014年彰显国家精神文明建设"五个一工程奖"，就集中表现为《国家记忆》《梦想照亮生活》《玉米人》《瓷上中国》《百年钟声》《国家的儿子》及《淬火青春》等报告文学作品。而一批高质量的非虚构作品则通过网络得到读者和市场的认可。2015年10月，以《人间》《南方周末》等为代表的八大非虚构创作平台，依靠网络搭起中国非虚构创作的"八大门派江湖联盟"，预示着非虚构写作的未来繁荣。

事实上，多年来，有文学"轻骑兵"之美誉的中国报告文学其实一直存在艺术上的粗糙问题，存在着轻视和忽略文学性的现象。有些报告文学作品在重视思想深度、批判力度和作品信息量的同时，走上了过分意识形态化或学术化、综合化、史料化的歧途。一些报告文学作品语言粗糙、形象干瘪、结构失当，成了人物事迹、史料、文献、数据的简单堆砌，迷失了独立的文体创造价值，弱化了报告文学作为"文学”的基本特征。一些报告文学作品，写作难度越降越低，一方面是离新闻事实以及事实背后的故事越来越远；另一方面则是离艺术与美的距离越行越远，必然被读者摈弃。中国报告文学要想承载更广博深刻的真实世界，要想抵抗这个碎片的信息时代带给人们的认识困惑，要想立足文体并保持文体自身生命力，就应当首先从讲故事的话语方式上，结合自己的写作传统进行探索。比如美国优秀文学新闻叙事的选题非常之广博，既有事关国家民族命运的大事件，也有相当内在化的个体生命体验，叙事大多具有极强的形式感，讲究讲故事的架构，给人一种艺术品的精致感。诺曼·梅勒于1980年获普利策奖的著名纪实作品《刽子手之歌》就是精致架构的典型。该书叙事结构严谨周密，全书由上下两卷组成，分别题为“西部声音”和“东部声音”，两卷各分为7部，每部则由10~12页不等的若干章组成，每章又分为几节或十几节。这种极富逻辑和条理的布局使得整个故事阅读线索清晰，叙述流畅。相比之下，我国报告文学作者叙事手法单一，除了一些常见的倒叙，或者夹叙夹议之类手法外，故事形式稍显简陋粗糙，还看不到对整个叙事架构的特别独到之处。尤利西斯国际报告文学奖评委之一杨小滨评价江浩的获奖作品《盗猎揭秘》时说：“在最基本的层面上打动人的，我以为是作者的敏锐而透彻的观察力、叙事中的传奇和戏剧因素以及文体的丰富张力。”①与“文体张力”并存的文体就是对语言的掌控能力以及由此而来的风格问题。中国报告文学多以史诗、忧思录、警告、悲剧等题目出现，这种充满价值判断的叙事可能让艺术魅力的营造变得极为困难，而实质上最打动人的作品通常以接触性的叙事架构及鲜明的语言风格胜似无数声嘶力竭的赞美或批判。例如，近年较为活跃的写作者李春雷的《朋友》《赶考》《党参沟纪事》等是报告文学从新闻回到文学的成功范例。作者善于以文学的思维、文学的方式、文学的语言，富有表现力地再现对象，使作品尽显非虚构叙事之美。

近年来，致力于纪录片研究的著名学者艾晓明说，“文学系推开

---

① 杨小滨. 寻找见证者——“国际文坛尤利西斯报告文学奖”评奖侧记[J]. 世界博览，2004(4)：22.

一扇门就是新闻系”。这就是以前多数大学的新闻专业设置在文学系里面，后来简单剥离，成为独立新闻系的原因，这句话更是形象地描述了新闻和文学之间的天然密切关系。从认识论的角度，无论是文学还是新闻，皆为一种人类认识世界的方式。新闻之本体论在于真实，而文学，尤其是叙事性文学，则以故事的叙事之美和读者产生审美共鸣，从而认知世界。百多年来，所谓主流新闻理论和实践原则证明，仅仅“信息模式”(美国新闻社会学家迈克尔·舒德森)的新闻形式无法完全实现新闻向人们揭示真相的神圣使命，也无法满足读者对于真相的永恒诉求。舒德森将新闻归纳为两种模式或类型：一是“信息”模式的，二是“故事”模式的。他指出，所谓“信息”模式的新闻，其实早在所谓客观新闻主义大行其道的100年前，就显示出对接近世界真相的无力感。那时候，记者在某种程度上视自己为科学家，实际上将新闻与社会学研究混为一谈；如今，互联网技术加剧了新闻的碎片化过程，“信息”模式的新闻正面临完全失去新闻本体意义的危险。那么，何谓舒德森的“故事”模式新闻呢？那就是叙事性新闻。文学性新闻的存在不是美国或欧洲才有的，我们本来就有类似司马迁的《史记》或《徐霞客游记》这样伟大的文学性纪实写作传统，不过在近代以来由于特殊的国家民族命运，把文学新闻的本来面目“窄化”了。

中国报告文学历经半个多世纪的发展，至今，无论是从故事模式还是叙事方式都已面临着巨大的发展困境。急速转型的中国社会需要深度纪录来回馈历史，20世纪90年代的文学写作者们以强调个人的、身体的、物质的、日常的、破碎的经验来抵抗对公共记忆的简单图解。而近10年来，如何将个体经验与集体经验进行有效的转化，如何将文学重新唤回到社会公共空间，已成为中国文学面临的内在困境。一方面是中国社会现实形态因转型而呈现多样、快变和复杂；另一方面是作家难以接近现实的艺术象牙塔，两者之间巨大的隔膜导致文学几乎淡出了中国人的精神世界。文学新闻文体本身的开放性、包容性为当代文学如何摆脱内化式的“个人写作”提供了一种全新的维度，它扩大了文学的写作场域和表达边界，挑战并且丰富了对文学本体的认识。例如近年来的报告文学中的优秀作品其实越来越呈现出明显的文学新闻特质。新闻学者应从优秀文学新闻的文本分析出发，以中西方比较的研究方式，给予这种既秉持内心的敏锐又不沉溺于主观自我、既有现实关注的真实质感又不乏审美创造的艺术质感、将故事真实与叙事艺术完美结合的写作明确的文体确认。理论上“有根”的归属感不仅会深化这种创作未来的理论研究而且会大大克服创作者的迷惘，增强其创作本身的文体意识，从而创作出更优秀的作品。

有关美国文学新闻的研究还在实践上有助于中国新闻写作走向更高的平台。相比一系列获得普利策新闻奖的美国文学新闻作品，中国新闻写作者面临的客观世界及题材选择的丰富性、震撼性理应产生大量优秀的纪实新闻作品。时至今日，“人民性、真实性、艺术性”依然是报告文学应该秉承的叙事原则，但写作者必须清醒的是，社会变革和人类以互联网技术为代表的技术潮流，已经全方位地改变了文化的传播方式。它迫使我们重新认识和定义原有的报告文学的叙事原则，在借鉴欧美文学新闻的基础上，发展中国报告文学的文体艺术、语言艺术、叙事艺术，学会讲故事，给真实故事以艺术化的表达，从而改变当下大部分作品语言艺术感较差、文字粗糙，甚至很多存在语法瑕疵，让人觉得难以卒读，更无从奢谈甚艺术风格的创作局面。

新闻在不断加剧的互联网技术时代越来越信息化、碎片化，也越来越使人感到企图用新闻联播或24小时滚动新闻来认知世界的焦虑。所谓文学新闻，所谓对事实的叙事化再现，固然是出于写作者之笔，注定带有写作者本人的主观意识烙印，但当读者的主观意识，能通过写作者的主观意识，尽可能地接近世界真相，尽可能地缩小主、客观之间的距离，尽可能地对认知事实世界产生共鸣的时候，谁说文学新闻没有实现“新闻”再现真相的伟大使命呢？也就是说，没有什么纯粹的“客观新闻”，新闻的本质也带有主观性。文学新闻就是连接在文学系和新闻系之间的那扇门，也是连接写作者和读者主观意识的那扇门，还是连接人类主观意识和客观现象世界之间的那扇门。

那扇门可以是无比精美的，因为它是“新闻至深处”，是世情世态、人心人情的“真相”，是基于事实之上的叙事之美，是人类精神交会处的一种伟大审美。

目　　录

作为文学新闻的“我们的”报告文学

——中美文学新闻之叙事比较研究

上

自从莫言获得诺贝尔文学奖，“文学”及“作家”等相关名词终于等来自20世纪80年代后难得一遇的一次抹去尘垢、擦亮容颜的机会。当下，记者是人们熟悉的行当，但写报告文学的记者或作者却是人们所陌生的。设想未来一天，普利策新闻奖中的某个“调查报道奖”(investigative reporting)或“解释性新闻奖”(explanatory journalism)抑或“特稿写作奖”(feature writing)聚焦于中国新闻事业的蓬勃发展，我们至今依然勤奋于报告文学却被读者久久摒弃和“遗忘在爱情角落里”的记者或作家们，也会向世界展现中国报告文学的巨大成就。按照中国当下每年近乎或超过2000份的报告文学出版量，我们似乎没理由对未来不做如此美好憧憬。问题在于：我们是否能真的等到那一天？

在全球新闻研究领域，除了极个别了解中国文化的研究者会发“BɑoGɑoWenXue”这个拼音，并大致能和我们所谓的“报告文学”含义对应外，我们所谓之“报告文学”英语世界皆命名之“Reportage”。厘清概念是建立观点的基础，所以这里首先要在全球新闻研究视野阐述有关我们的报告文学或“Reportage”概念之所指。在德国、挪威、波兰及捷克斯洛伐克，reportage(报告)、literary reportage(文学性报告)和 reportage literature(报告文学)三个名词是通用的，都是指报告文学。在英国，reportage(报告)、literary reportage(文学性报告)和 literary journalism(文学新闻)三个名词是通用的，都是指美国人所谓的文学新闻。而在美国，literary reportage（文学性报告）、reportage literature（报告文学）及 literary journalism（文学新闻）三个名词是通用的，指文学新闻。其中，reportage literary（报告文学）的用法比较少见，准确的用词是"文学新闻"。而且，reportage 往往还有一些特别不同的含义。就美国有关的知识层面，人们对中国报告文学知之甚少或者根本不知道中国也有致力于此类新闻写作的人。他们只有"文学新闻"这个概念。美国纽约州立大学科特兰分校传播研究室教授，也是国际文学新闻研究协会（IALJS）①学术刊物《文学新闻研究》编辑的约翰·H. 哈索克教授，2009 年曾发表一篇有关文学新闻比较研究的重要论文，题为《报告文学："他者"的文学新闻》。② "他者"固然明显体现西方中心意识形态，是典型后殖民理论术语，但这至少说明，我们的报告文学就是国际新闻学术领域的文学新闻。本文题写"我们的"报告文学，也算是对哈索克教授"他者"的一种学术回应。

2003 年于德国设立的尤利西斯奖似乎可以成为中国报告文学指向国际的证据。该奖应是目前有关此类文体的全球唯一大奖。自该奖成立以来，中国先后有三部作品获此殊荣，它们分别是：2003 年江浩的《盗猎揭秘》、2004 年陈桂棣和吴春桃的《中国农民调查》以及 2006 年周勍的《民以何食为天——中国食品安全调查》。除了尤利西斯奖评委中先后有来自中国的评委（如 2003 年的评委之一旅美诗人、学者杨小滨，2006 年的评委之一旅居海外的中国诗人杨炼）这个有利因素外，这几部中国报告文学作品具有怎样的内在品质，使之可触及这个意味着全球报告文学标杆的国际大奖？虽然这几部作品也如同当下每年出版的成百上千部报告文学一样没有在中国读者中引起广泛而强烈的影响，但它至少打动了这些由全球著名作家和记者组成的评委们。评委杨小滨说："在最基本的层面上打动人的，我以为是作者的

---

① 全球文学新闻研究平台，http：//www. ialjs. org/。

② ［美］约翰·C. 哈索克. 风格——话语与文化的形式［J］. 俄克拉荷马大学出版社，2009（13）：113-114.

敏锐而透彻的观察力、叙事中的传奇和戏剧因素以及文体的丰富张力。”①注意这句话里的几个关键词：“叙事”“戏剧因素”“文体张力”。显然，这些因素都是文学叙事文本的关键因素。尤利西斯奖看重的是基于真实事件上的文学文本，是真实的艺术。事实上，它也自认为是一个国际性的文学奖，虽然叫着一个我们中国人很熟悉的“报告文学”这个名字。

捷克犹太作家基希是中国人熟悉的与中国报告文学起源紧密相关的名字。事实上，中国最早使用“报告文学”一词来源于1930年从日本翻译的一篇文章，文章认为这是“德国的一种新兴文体”。② 1932年，基希访问中国并写作《秘密中国》一书。对此，记者萧乾曾回忆说：“我不能准确预言我们的‘特写’最终会发展成怎样的形式。我只是记得在三十年代期间，捷克作家基希来到中国，他将他的‘特写’这一文学形式带到我们国家来。”显然，热衷周游世界的基希随着国际共产主义运动的兴起，将这一新兴的自己也乐于实践的新闻写作文体推广到全世界。随着国际共运的蓬勃发展来到中国的“报告文学”如同在德国、中欧国家及苏联的情况一样，旨在反映无产阶级的斗争生活，赞美轰轰烈烈的社会主义建设，预言共产主义必将最后胜利的主题。众多的此类报告文学实践说明：这里的世界是单一明确的世界，只要意识形态正确，作家写出的就是世界真相。

但值得深思的是，同名为报告文学的尤利西斯奖的获奖中国作品，评委为何认可并看重其呈现的优秀的文学品质呢？它说明，在全球视野里，我们的报告文学实质上是一种极富变化的文体[这种文体的多变性还可以从2006年10月在自家公寓门口惨遭射杀的俄罗斯记者安娜·波利特科夫斯卡娅(首届尤利西斯奖获得者)那充满评论、思辨及批判锋芒的新闻写作中得到验证]。正如前文提到的，虽然在

① 杨小滨. 无调性文化瞬间[M]. 北京：中国人民大学出版社，2012：108-109.

② [美]鲁道夫·瓦格纳. 中国当代散文研究[M]. 马萨诸塞州，剑桥：哈佛大学东亚研究会，1992.

德国、挪威、波兰及捷克斯洛伐克等国家将这种文体命名为报告文学，事实上它具有远比我们中国人所理解的报告文学丰富得多的含义及实践。包括竭力在全球推广、传播这一文体的基希，其写作实质上也呈现丰富多面性，比如基希曾写过大量报道布拉格底层普通人，包括妓女的生活的作品。大半个世纪以来的创作让中国读者或报告文学写作者看到和理解到的，要么是表扬稿(鼓手一般激情昂扬地歌颂和赞美)，要么是批评稿(圣者一般愤世忧思、忧国忧民)那样单一看待世界的报告文学。所以，从全球视野看，所谓报告文学这个最早来自19世纪法国报纸专栏(原文 feuillection，意思是“叶”或“一页”)的新闻文体，①一开始就具有相当大的可变性。而长期以来，中国新闻实践、研究及评奖系统，都只理解或认可它最初进入中国的那个面孔，直至今天。报告文学原本具有的另一方面，即它的文学品质，它强调叙事形式带来叙事力量的特质被忽略了，而这被忽略、被漠视或者被有意摒弃的，正是这种文体最持久最能震撼人心的品质。如尤利西斯奖所强调的那样，在后者意义上，它应该更接近于美国人所谓的文学新闻。

关于美国文学新闻，纽约州立大学科特兰分校传播研究室约翰·C. 哈索克教授在《美国文学新闻史——一种现代叙事形式的兴起》里将此命名为“一种新兴的现代叙事文体”。② 他在这一填补文学新闻研究学术空白的著作里，追溯了20世纪20年代美国文学新闻兴起的文化环境和发展历史，论述了文学新闻和新闻客观性之间的关系，指出文学新闻是建立在美国新闻行业视之为生命的“新闻客观性”原则上形成的一种叙事文体。无疑，最能代表美国文学新闻文体特征的莫过于20世纪60年代后兴起的“新新闻主义”写作流派，即将文学叙事的技巧运用于真实事件的报道。这其中包括对叙述者人称及位置、故

---

① [美]约翰·C. 哈索克. 风格——话语与文化的形式[M]. 俄克拉荷马大学，2009：113-134.

② [美]约翰·C. 哈索克. 美国文学新闻史[M]. 安姆斯特：马萨诸塞大学出版社，2000.

事之时空安排，以及人物对话、人物心理、人物环境等文学叙事技巧的大胆运用。其代表人物及作品包括汤姆·沃尔夫《电库尔酸试验》、诺曼·梅勒《刽子手之歌》、杜鲁门·卡波特《冷血》、琼·迪迪恩《垂头丧气奔向伯利恒》等。新新闻主义曾被认为是20世纪实务新闻学最激进的一种报道理论，部分研究者主要纠结于其大胆的文学手法与新闻客观性的至高原则之间的关系。但在约翰·C. 哈索克教授看来，所谓"新新闻"实质是并不"新"，它根源于20世纪前期，随着社会的现代化进程就已经出现。而且，所谓新新闻主义不过是丰富的文学新闻写作里极有限的小部分。美国文学新闻写作几乎涵盖了美国人自身生活及其认为的国际大事的所有方面。如有关环境问题的蕾切尔·卡森的《寂静的春天》就首开人类环保及科学问题写作的先河，另外，有关政治的约翰·里德的《震撼世界的十日》，有关肯塔基山脉煤矿工人贫苦生活的詹姆斯·艾吉、沃克尔·伊文斯的《现在让我们赞美名人》，有关艾滋病内容的兰迪·希尔茨的《乐队继续演奏》，有关普通人的苏珊·欧琳的《兰花贼》等、彼得·海斯勒（何伟）的中国报道《江城》也在圈内较有影响，都属于典型的文学新闻作品。在美国密苏里大学新闻学院研究生的文学新闻教学中，教授会给学生一份包括100部优秀美国文学新闻作品的名单供学生选择阅读。

中

与我们所理解的报告文学相比，美国文学新闻呈现出文学性的叙事特质主要表现在以下几个方面：

第一，选择写作题材不以事件和人物的大小轻重与否来取舍。大到水门事件、海湾战争，小到黑人社区孩子的成长问题，甚至是普通人面临的生活问题，都是可选择的范围。在强调个人价值的美国文化背景下，美国新闻人的"重大"多以个体为视点，聚焦于个人的生存环境和生存状态，大凡面对重大的社会问题，较多选取以个人故事为主的叙述方式，以具体个例反映普遍社会问题。如1991年曾获卡尔·桑德伯格奖的阿历克斯·科特洛维奇写的《这里再没孩子——别处美国的两兄弟故事》，写的就是生活在芝加哥西区政府公屋社区里的黑人孩子成长面临的问题，如单亲、毒品、暴力等。故事当然是真实的，阿历克斯·科特洛维奇和拉斐尔、里弗斯两兄弟共同生活了大半年，之前就认识、跟踪(采访)，最后写成故事。当读者看到这两个单纯可爱的黑人孩子面临恶劣的成长环境，尤其那长大一心想成为公共汽车司机的弟弟年仅12岁死于流弹射击，鲜血渗透他的白衬衣，至死眼睛都不能闭上的描述时，不禁令人潸然泪下。作品震撼人心的力量不言而喻。1979—1997年普利策特稿奖19篇获奖作品中有15篇是通过个人故事反映社会问题。1995年《被排斥的优等生》讲述的是一个竭力在恶劣高中求得生存的聪明少年詹宁斯的故事，反映了在逆境中奋发向上的少年群体的困境。所谓现代性，是指人类社会至少自200年前就开始从神的时代逐步进入多元多极的人的时代了，尤其是互联网时代后，谁能否认当下人类不是一个以人为中心的多元和多极的时代？作为明天历史的新闻写作，有什么理由还停滞思维不能以个人或人的角度看待与思考世界？在近几年中国报告文学中做到了这一点，虽没得到主旋律认可却得到大众传播青睐的作品也许应是女记者安顿的《绝对隐私》，作品从个人视点面对当代中国城市人真实情感状态。安顿曾说："真正成为记者之后，我慢慢感觉到，其实我们的生活中没有苍白的人，只有缺乏发现故事的眼睛。这样的故事有时候也许给人'婆婆妈妈'的感觉，可是谁能说这不是我们的生活？我觉得真实的东西看起来未必唯美，但是自有一种触动心灵的力量。这也是我一直乐此不疲的原因。"①更重要的是，谁又不是普通人？

第二，是叙述者身份问题。前文提到，我们的报告文学半个世纪以来似乎始终很难摆脱"表扬稿"或"批评稿"的窘境。可以肯定的是，无论哪一种读者都厌倦了。这并不是说读者不愿注意事件，而是厌倦了写作者那过分爱憎分明的语气和行文方式。读者不想被讲故事的人

---

① 语出2005年安顿接受《新闻晚报》采访。朱洁. 女性周刊揭开安顿的绝对隐私[EB/OL]. [2005-01-10]. http://www.eladies.sina.com.cn/2005-01-10/133082.html.

过多、过于明显地"摆布"，他们想拥有的是通过你的叙事认识世界的空间。美国文学新闻作家之所以能顺利地做到这点，跟他们百多年奉为职业神圣圭臬的新闻专业主义，也就是新闻客观性原则密不可分。他们认为无论是新闻报道者还是写作者，谁都无权根据意识形态或所谓报道原则的需要剥夺读者的知情权。评论家对诺曼·梅勒《刽子手之歌》的第一评论就是"在这个故事中，作者不再是无所不在，而是悄悄地躲到了一边"。① 尤利西斯奖评委之一杨小滨也认为《盗猎揭秘》"在很大程度上，作者避免了主观的过多参与，但在客观描述的同时却体现了丰富的戏剧性和人性色彩。在对扑啦啦惊起的珍禽，盗猎者们的茹毛饮血、肢解麋鹿的过程的描写中，并没有悲天悯人的超验姿态，但不乏作者的批判锋芒。作者摒弃了批判的简单化，因为真正客观的观察不会给任何事物贴上标签。这样的复杂性，甚至反讽意味，我以为是这部作品最具价值之处……在江浩的文本中，传统报告文学中高姿态的作者消失了，道德说教消失了，代之以具体可感的身份暧昧和评判双重性……报告文学是文学，不是法令"。②

第三，美国优秀文学新闻叙事大多具有极强的形式感，讲究讲故事的架构，给人一种艺术品的精致感。诺曼·梅勒 1980 年获普利策奖的著名纪实作品《刽子手之歌》就是精致架构的典型。

第四，那就是对语言的掌控能力以及由此而来的风格问题。优秀的文学新闻作者要求这一群体文化素质相当高，或是专业与文字训练都很好，或者艺术修养甚强。若从事这一领域的，是文学训练不够的记者，或是长期浸淫于宣传工作的文字工作者，再加之报告文学长期以来尴尬的文体边缘身份，那么写出来的报告文学文本现状首先是作者本身语言艺术感较差，文字粗糙，甚至存在很多语法瑕疵，让人难以卒读，更无法奢谈艺术风格。这方面堪称典范的是 1978 年普利策

① [美]诺曼·梅勒. 刽子手之歌[M]. 邹惠玲，等译. 南京：译林出版社，2008：2.

② 杨小滨. 无调性文化瞬间[M]. 北京：中国人民大学出版社，2012：108-109.

特稿奖的获奖作品《凯莉太太的怪物》，作者是美国《巴尔的摩太阳晚报》的记者乔恩·富兰克林，故事写的是一起常见的脑外科手术。57岁的凯莉太太脑后先天生有畸形血管瘤。几十年疼痛折磨得她生不如死，终于下决心做手术。大学附属医院高级脑外科专家托马斯·巴比·达克儿给她主刀。手术从早上9点切开头皮正式开始一直到午后1点43分，凯利太太死在手术台上。这大概是天天发生在地球上无数医院的普通事件。首先，这样的事件一般不会进入记者的法眼。即使要报道，媒体报道议程设置的原则基本是医患纠纷了。但乔恩·富兰克林是这样叙述这个看似平常的新闻事件的。全文采取极其精练的短句子，大多一句话一自然段，最长的段落也不过几句话组成。用到最多的象声词是怦怦的心跳声，此外还有不断出现的准确报时声音。在不到一万字的故事中，手术室通过扩音器发出的怦怦心跳声如同贝多芬命运交响乐里的敲门声（有人把它比喻为拉威尔《波莱罗》里的军鼓），时而急促，时而不规则，直至最后消失。不断报时带来的强烈的节奏感，以大量严密冷静的也是无情的医学术语形成鲜明强烈的对照，也就是杨小滨所谓的“叙事张力”。读这篇报道的人似乎闻得到手术室消毒水和血腥的味道；听得到寒光闪闪的手术刀、止血钳等各种金属器械发出的丁咣碰撞声，医生的呼吸；看得到托马斯和凯利太太的脑血管瘤这个怪物搏斗过程中时而充满自信和希望，时而又绝望莫测的深渊般的眼神……文字中看不出结果。作者的笔、医生的刀、读者的心，都和凯利太太到底能不能活一样，纠结屏息，千钧一发。最后凯莉死了，托马斯像摆开手术器械一样一样摆开太太早上出门时带给他的简单午餐。这样一个在中国必然报道成医疗纠纷的“不确定的世界”（巴赫金语），在美国记者笔下给人们留下了关于科学与人类的无尽思考。这就是叙事的力量。同样，诺曼·梅勒对杜鲁门·卡波特《冷血》的评价是“《冷血》韵律天成，字字如金”。① 说的就是卡波特那隐藏在冷峻文字背后悲悯沉郁的艺术风格。

① ［美］杜鲁门·卡波特. 冷血［M］. 夏杪，译. 海口：南海出版公司，2010.

下

时下，政治以不断改进的民主建设为代表，经济以中国企业大量的海外投资为代表，文化以莫言的诺贝尔奖为代表，中国融入世界的潮流势不可挡。中国报告文学无论学术领域归属新闻或文学，都可以有更理想的表现，如在理论上承认这种“现代叙事形式”(哈索克语)是含义丰富的可变体，有更优秀的写作者在实践上勇于尝试改变半世纪来我们固有的写作方式。我们称之为报告文学的，理论研究归属到文学领域；而美国人称之为文学新闻的，理论研究归属新闻领域。其实，叫什么或归属什么研究领域并不是关键问题，关键问题是我们有必要充分认识到强调叙事的报告文学在叙事本质上和美国文学新闻是二而一的新闻文体，它们都可以因其优秀的品质赢得全球读者。既然看到报告文学的叙事本质，那就有必要以现代叙事理论来剖析我们的报告文学现状了。中国报告文学的弱点在于其创作是忽视或背离现代叙事逻辑而搞“摆拍式”创作。以苏联思想家巴赫金为代表的现代叙事理论认为“对话”是人类生存之本来面目，现代世界是充满了“对话性”的“复调”世界。“复调”世界无所谓中心，它充满流动性、动态性和未完成性，我们都生活在普遍的相对性之中，“未完成”是历史发展的客观规律。巴赫金的叙事理论全面解构了所谓“全能叙述”的创作主体，而这是传统小说主流的叙事形式。对于以“表扬稿”或“批评稿”为主的报告文学，创作主题基本是以一个对世界全能全知的鼓手或上帝“告诉你”。这个全能全知的鼓手或“上帝”，给你或帮你规定世界的黑白对错。“什么什么悲剧”“什么什么警告”无不在向读者明确一种价值观。有篇写贪官故事的报告文学，名字叫《没有家园的灵魂》。这是一个幽默到让人哑然失笑的题目。作品中的主人公的灵魂失去了家园，或者说他的灵魂的家园在一条邪恶之路上。作者用冷静的笔锋、明确的价值导向，向读者呈现了一部优秀的作品。

20 世纪 80 年代常被善于怀旧的人看成许多事物的黄金年代，尤其如文学和报告文学。1978 年先后发表的《哥德巴赫猜想》和《扬眉剑出鞘》，让全国人民感动，至今影响着几代人。许多人也会以此为中国报告文学曾经辉煌的证据。如今 40 多年过去，当年 11 月发表在《人民文学》第 1 期的《哥德巴赫猜想》的作者徐迟和主人公陈景润皆已去世。《人民文学》原常务副主编回忆说："党中央和邓小平同志花了很大气力拨乱反正，正确评价知识分子的地位和重要作用……科学的春天即将到来，编辑部同志们深受鼓舞，同时也想到自己应负的责任和使命：《人民文学》如能在此时组织一篇反映科学领域的报告文学，读者一定爱看，同时也可借此推动思想解放的大潮。然而，写谁好呢？又请谁来写呢？这两个问题在编辑部展开了讨论。"①首先，这就是现在新闻摄影所谓典型的摆拍之作；其次，离开了上述时代环境的需要，是否还可能有所谓轰动的影响？设想，用同样的叙事语气、叙事姿态及语言风格写一个在时代留有印迹的人物，今天一样仍然有读者。

巴赫金思想的灵魂是把存在看做永不休止的行动，具有巨大的活力，在自身所驱使的各种力量下，永远处于创造过程中。承认这一点就意味着真正的报告文学应该摒宾意识形态带来的各种规定性，作者应该以沉默而给读者一个"众声喧哗"(包括人物无声的内心对话)的世界。因为报告文学作者面对的正是巴赫金那"永远处于创造过程"的存在(客观世界的真实新闻事件)。所以，很多作家的书房里挂着一句或看得见或看不见的话："Show，Not Tell!"(呈现，不要告诉!)世界充满流动的不确定性，读者要的是作者呈现就行，不要你告诉我，也就是不要你向我灌输对错是非，当作者以恰当的艺术风格叙述笔下的世界、故事人物的时候，一种类似价值的因素就会自然产生，打开结尾，要信任读者，要留给读者理解世界的空间。

处于社会急剧转型期的当下中国也许拥有比世界任何国家或民族都丰富的新闻资源。在我们的日常生活中，非虚构远远精彩过虚构。当网络浪费了人们的时间摧毁了人们对虚构艺术的欣赏耐心的时候，基于真实事件基础上的非虚构艺术正是应大展拳脚的时候，20 世纪

① 周明. 徐迟与哥德巴赫猜想[N]. 光明日报，2008-10-22.

60—80年代美国新新闻流派的伟大业绩就是最好例证。1929年，因参加“一战”而产生了政治热情并在对报告文学这一写作形式有一定尝试和认识后，基希曾宣称：

> “小说？不，报告文学！
>
> 如何看报告文学？我认为，它是文学的未来寄托。我肯定，只有高质量的报告文学。小说没有未来……意思是说不会再有包含虚构情节的书，小说是上世纪的文学……如此，已经有报告的特种作品出现了；我将称之为纯粹的报告文学，新闻报告本身。”
>
> “还有，战后这种报告文学会成为普遍、重要的模式……那些心理描写见长的小说？不，报告文学！”
>
> “未来属于真实、勇敢而有远见的报告文学。”①

模仿基希的句式，今天我们是否应该说：“小说？不，文学新闻！”

报告文学还是文学新闻这不重要。重要的是如何以最合适的叙事形式，将发生在真实世界的故事写给读者，从而带给他们理解这个流动的、不确定的现象世界的启示和感动。

① Matin John. Als Egonek den Roman ZumTod Verurteilte [M]. Trans. Lydia Fetler Hartsock. Kisch-Kalendar, Ed. Franz Carl Weiskopf, ed. Berlin [East]: Aufbau-Verlag, 1955: 185-186.

报告文学:“他者”的文学新闻

约翰·哈索克著,李梅译

由于术语相似,人们易于把“报告文学”和“文学新闻”看做同一类型。但考察下面例子:斯维特兰娜·亚利塞维奇和安娜·波利特科夫斯卡娅,她们都于苏联和后苏联的文化氛围中写作,也都被称作“文学性报告”或“报告文学”(莱特·尤利西斯)作家。然而她们的写作给文体研究留下一个问题:正如本文将大概论述的那样,她们都身为记者,其写作却有明显区别。亚利塞维奇的文字呈现叙事性和描述性模式,曾被定性为“叙事-描写性新闻”,似乎更多地保留了文学新闻的美国式传统。事实上,在凯瑞尼和亚古达的选集中,亚利塞维奇就明确被列入文学新闻作者中。另外,波利特科夫斯卡娅的作品则以引申思辨性阐述见长。那么,两位同被称为报告文学作者的记者,何以只有一个被定性为文学新闻作者呢?

本文旨在于研究两位背景相同却风格迥异的作家,以探讨写作报告文学的传统起源。我想说的是,可以肯定:亚利塞维奇和波利特科夫斯卡娅所共同致力于的文体首先是俄罗斯本土传统的一种反映,但同时也是非常国际化和超国界的。最终结果是,相比于所谓美国文学新闻,根源于欧洲的“报告文学”文体具有相当的可变性。

如果说新闻形式也反映经验的美学感受这个观点是成立的,那么,对新闻形式的比较研究就不仅是必要的也是期待已久的。因为报告文学几乎不被美国人所认识和理解,但它却是个国际性的概念,所以,这是个值得研究的问题。希望研究结果有助于我们更加细致入微地理解这广为人知的两大问题之间既重叠又有区别的特性。

仅从修饰词看,“文学新闻”或“报告文学”一开始就是个问题术语。原因之一在于,“报告”是一个不时被独立使用的名词,标准美式英语韦伯字典对"报告"的定义是"对行为或过程的报道"，这就已提出了问题的不确定性。这里讨论的"文学"类报告的定义，无论它是单表一个独立的概念，或者被当做修饰词或被修饰词，都明显具有和美国文学新闻的相似点。运用得最多的关于文学新闻学的定义，也许是由这种文体的美国实践者汤姆·沃尔夫所阐述的："读起来像小说的新闻"(21，22)，或者他在另一场合说的：像"短篇小说"的新闻(11，24)。

与沃尔夫观点一致，葡萄牙作家和记者佩德罗·罗莎·门德斯指出："报告文学是用小说家的眼睛和记者的职业准则参与现实的过程。"(莱特·尤利西斯)在过去大约30年里，作为"文学新闻"或文学类"报告"之主要阵地的英国出版物《戈兰塔》给予以下定义："报告的艺术和工艺——具有鲜明描写的新闻，小说家的形式感，以目击为证的报道揭示曾被遮蔽的人物或事件的真相，从而改变我们已知的世界。"(戈兰塔)

这里应有点疑问，一些学者毫不含糊地将文学新闻等同于报告文学。例如德国学者鲁道夫·瓦格纳，在他1992年的研究中写道，"报告文学""现在被称为'新新闻'"，后者是指20世纪60年代包括沃尔夫、盖伊·特立斯、琼·迪迪恩及杜鲁门·卡波特在内的新闻写作运动的产物，这一点我们可在文学新闻的漫长历史中看到专门论述。彼得·蒙蒂斯在他20世纪90年代关于西班牙内战报道的美学研究中也持类似观点。

但报告文学还有其他一些特质，正是这些特质推动报告文学边界的拓展，并暗示为此定义的难度。作为一名参与者，却也是一个事实上正适合于文学新闻写作的人，亚利塞维奇曾指出这种广泛的可能性，她指出："纪实散文应该超越文学形式与新闻形式之间的严格界限。作家的人格、其精神、哲学观及敏感性必须以良好的写作风格统一起来。纪实作品意味着仅以现实为原材料创作一个新现实。"(莱特·尤利西斯)但是文学形式指什么？诗歌被包括在内吗？戏剧呢？怎样的才算是良好的写作风格呢？所谓创造一个"新现实"，是不是就是传统意义上对虚构世界的创作呢？

捷克德语记者埃贡·欧文·基希曾将报告文学命名为“环境研究”(谢格尔)。但“环境研究”留下太多想象空间。它可能是文学新闻，也可能是社会学或人类学的研究。然后，有一个深受欧洲影响的中国版本的关于报告文学定义：

> 报告文学是一种文学体裁，散文风格；也是有关速写和特写的概括性命名(所谓“texie”也经常作为报告文学的同义词，当“texie”一词于20世纪30年代首次在中国使用的时候意味着“特写”，是一个从电影技术那里借用来的名词)。它是一种对从真人真事中、直接提炼的所谓典型性真实生活，进行充满艺术性写作的表达过程。因此，它被当做当下充分的艺术过程议程，被称为文学创作的“轻骑兵”。但此定义本身也带来问题：什么是“充分的艺术过程”？怎样才是文学创作的‘轻骑兵’？该词语俄文版写成ocherk，仅被划归为“散文”，从文本中还有个次定义称作“速写”。英国记者伊莎贝尔·希尔顿将这种形式定义为“弹性体”。伊莎贝尔·希尔顿是英国享有盛誉的记者之一，她曾出任国际报告文学莱特·尤利西斯奖委员会评委。正如她指出的，“虽然报告文学被广泛实践，其优秀作品也久被人们提起，但它的定义边界似乎是伸缩性的”。她赞成沃尔夫式的定义，获奖者也似乎未必总是完全吻合其定义，如2003年获奖者波利特科夫斯卡娅及2006年获奖者埃里克·奥森那。这两个例子基本上有争辩性。

那么基于以上不同版本和视角，报告文学真正如希尔顿所言，是一种“弹性体”吗？当然，我们很容易以国与国之文化的不同来忽视这些差异。然而，当真正接近这一国际化的文体时，一个显著问题就是如“文学性报告”“报告性的文学”及“报告文学”等诸多被翻译名词是如何被广泛持久地在国际范围内使用。

关于亚利塞维奇和波利斯特科夫斯卡娅都共同致力于报告文学而只有亚利塞维奇在实践上更接近于美国文学新闻的部分原因，在于

"一战"后迅速在世界大范围兴起的国际共产主义运动，报告文学的兴起正是国际共运的一部分。这些之所以在美国不为人所知，也许是因为在长达半个世纪的冷战中，这种文体被政治上认为是历史斗争的失败者的文体。我之所以说是部分原因，是因为我们不能排除她们的俄罗斯母语传统，这是任何本土经验都不可缺少的。俄罗斯确实有自己的传统，这一点至少可追溯到19世纪40年代晚期伊万·屠格涅夫的《猎人笔记》。在某种程度上，这个传统甚至已经被探索至亚历山大·蔡特林的《乡村素描》。

但此文要论述的重点在于报告文学如何演变成一种国际化文体，以至于类似亚利塞维奇和波利特科夫斯卡娅这样两个有很大区别的作家会被认为是在致力于同样文体的写作。这种文体历史的中心源头之一是德国，也有小部分有赖于埃贡·欧文·基希的努力。另一源头则来自早期苏联。两者中存在着相当的相互影响，加之随着共产主义运动的全球化持续传播，便促使这种文体的创作跨越国家民族之间的文化界限。

正如德国评论家和社会学家齐格弗里德·克拉考尔在1930年指出的："至今多年来，报告文学在德国享有表达方式上的至高荣誉，因为据说只有这种文体能捕捉生活的本来面目。"他说，报告文学是对德国唯心主义抽象性的对抗。面对"一战"的战败后果，急于认识帝国幻象下的失败，这种愿望是可以理解的。克拉考尔还指出，"报告文学"不是那种如美国人理解的传统意义上的新闻实践。相反，它是能够反映"新客观"的新闻实践，那是战败后德国美学领域出现的一个新概念。不同于新闻学中的"客观"，后者是同一时期在美国形成的概念，德国版的"客观"强调，唯有第一见证人方可达到认识论上的忠实可信。无疑，它的首推者就是基希——一个共产主义作家和记者。

像他的同胞卡夫卡和约瑟夫·罗斯一样，基希是一个在布拉格用德语写作的犹太人。约瑟夫·罗斯也是一个报告文学实践者，尽管今人多以小说家提起他。基希及其对"报告文学"的积极推动，成为其他追随者的一个榜样，也给这种文体的写作面目描画了轮廓，那就是展现劳苦无产阶级生活场景，以及描述社会主义社会建设的场面。但在他于“一战”末期变为坚定左派之前，基希也曾致力于那种基于叙事和描述性的报告文学，其文并不具有浓重的意识形态痕迹。因此，它亦堪称文学新闻。这一点，在他早期的布拉格作品中有所体现。

1906年，基希作为记者为布拉格两大德语报纸之一《波希米亚》工作。报道犯罪新闻和布拉格生活黑暗面是他的专长，例如，其中就有一个斯洛文尼亚姑娘如何堕落成妓女的故事。1908年，基希开始以“布拉格散步”为题，开始为星期天报纸专栏提供速写故事。其中就有关于疯人院和收容所之类的描写。1912年，他开始了写作名为“布拉格故事”甚或更长故事的系列作品，表现出继续探索社会黑暗面的雄心壮志和努力，《监狱里的圣诞节》就是一例。

“正如标题所示”，丹妮卡·科兹洛娃和吉瑞·托马斯关于“布拉格故事”指出，基希试图在文艺新闻和纯文学之间尝试一种新的故事形式……

基希报告文学的根源至少可以追溯到起源于18世纪法国的专栏作品 *feuilleton*，该词来自法语，是指一本书里的“一页”或“叶子”。专栏是文章选集(并形成一个系列，如此一来就形成了多篇作品组成的新闻系列或期数)，这种形式被经常用于休闲娱乐，用于和严格新闻形式的文字形成对照(哈维和赫塞尔廷，272、632)。专栏内容可以是激烈辩论，也可以是艺术评论或者沉思冥想的随笔，或者是生理学的素描、叙事，性格模式的描写，虚构或非虚构，并经常伴以插图。因为并没有一个主导性的话语，其结果就变成各种不同修辞和媒介的大混杂(因为后期的专栏经常出大幅图画配文章)。这说明最初的“报告文学”并非只是叙事和描写的范式。从“专栏”继承而来的这种特性有助于理解“报告文学”何以在国际共产主义运动中蓬勃发展：任何或所有创作修辞方式都应根据革命事业的利益需求来制定。

“一战”期间，基希服务于塞尔维亚前线的奥匈帝国军队，这一经历点燃了他的政治热情。20世纪20年代，基希的报告文学概念趋于成熟。正如哈罗德·B. 谢格尔所观察，基希“确认报告文学是一种文学体裁"。在对这一写作形式的热衷或炫耀情绪下，基希于1929年宣称，具有文学追求的新闻将取代小说成为20世纪主要的文学形式：

> 小说？不，报告文学！
>
> 如何看报告文学？我认为，它是文学的未来寄托。我肯定，只有高质量的报告文学。小说没有未来。……意思是说不会再有包含虚构情节的书。小说是上世纪的文学……如此，已经有报告的特种作品出现了；我将称之为纯粹的报告文学，新闻报告本身。
>
> 还有，战后这种报告文学成为普遍、重要的模式……那些心理描写见长的小说？不！报告文学！
>
> 未来属于真实、勇敢而有远见的报告文学。

这段话有几个值得注意的理由。在这里，基希至少没有把"文学"作为修饰词附加于"报告"，也没有把"报告"作为修饰词附加于"文学"。因此，我们会明白《戈兰塔》所提及的"报告文学"不单是一个简单的比喻。这也就是约翰·凯里在他的文集《报告文学的费伯之书》中如何孤立地解释"报告文学"一词。该书名为"见证历史"，于美国出版。然而，法国人和美国人对"报告文学"的定义并不强调第一人称的见证，如果了解基希在德国的影响力，这点就不难理解。德国学界认为报告文学要"亲眼所见，现场评论"。20世纪70年代，时处冷战和德国分裂时期，德国杂志*Stern*以基希之名设立联邦德国最杰出新闻奖，该命名并未因基希所谓共产主义者身份受影响，基希对于德国文化的长期影响可见一斑。况且，自奥匈帝国崩溃后，基希终生以捷克人身份住在布拉格直至1948年去世。尽管如此，此奖依然以其名命名，说明基希在整个德语世界是被认可的。

基希关于"报告文学"的讨论同样值得关注，因为作为一种文体之特性，它仍然具有某种程度的可变性。此说法似乎给出小说和报告之间的关系，但又未明确界定这种联系，尤其是赞同"文学新闻"的美国人所希望的那种联系；换言之，就是说读起来如小说或短篇小说的新闻。

这种文体之所以在无产阶级作家中蓬勃发展，原因之一就是共产主义者并不相信资本主义世界于19世纪20年代兴起并发展成资本主义媒介之专业标准的“客观”新闻观，尤其在美国新闻界。从马克思主义者的观点看来，不动感情的“客观”新闻不过是一种企图掩盖苦难深重的无产阶级生活真相的意识形态策略。在某种程度上说，这种观点与文学新闻的理论相一致。文学新闻的目的被认为是从事一种“主观交换”的事情，或者说至少缩小了主、客观之间的距离。换言之，记者应该避免满怀巨大同情地对待这些事实，具体到基希，就是远离所谓的无产阶级斗争，除非以自己的主观介入他者的经验。

在共产主义者看来，只要意识形态正确，个人的亲眼所见就是世界之真相。带有意义的故事结尾就是结论所在，除非叙事风格具有多方面的意义。这样的文本或以大量叙事见长，更发展了美国文学新闻的叙事传统，基希就经常沿着这样的脉络来写作。或者，它也可能充满了思辨、随想、煽动性等，类似20世纪80年代波利特科夫斯卡娅的写作。

基希报告文学以图书的形式在左派圈子里得到全球性流传。比如写本国以外作家的《亚洲巨变》《秘密中国》《沙皇、东正教士、布尔什维克》《天堂美国》及《着陆澳大利亚》。正如标题所显示的，他环球旅行，周游世界不仅给他带来写作素材，也为他提供了到处传播报告文学的优越性及其将取代小说的观点。

基希在发展这种全球性文体的国际化影响力，可能最先表现在无论是地理还是文化上都处于两极的国家：美国和中国。来自美国的一个例子就是《新大众》杂志的编辑约瑟夫·诺思。该杂志是美国那些读起来更像文学新闻的新闻报道的重要阵地，但其明显服务于政治意识形态的特点而极易引起争论。诺思不仅是名编辑，还是报告文学形式的实践者。在其自传中，他说基希和约翰·里德是激发他灵感的人。在诺思的报告文学理念形成过程中，他认为：“报告文学是一种三维报道。作者不仅要浓缩现实，他还要帮助读者感受事实。从完整意义上来说，优秀的报告文学作家是个艺术家。他们通过形象塑造而展示观点。"这种观点显然适用于文学新闻，而且它回应了一代代响彻于美国若干新闻写作工作室的口号："呈现，不要讲述。"

同样，基希的影响延伸到世界的另一端。正如中国记者萧乾回应的："我不能准确预言我们的'特写'最终会发展成怎样的样式。我只是记得在30年代期间，捷克作家基希来到中国，他将'特写'这一文学形式带到我们国家。"基希在1932年早些时候访问中国，由此，他写了《秘密中国》一书并全球发行。该书于1933年年初版于德国，部分章节于1935年在中国初版，1938年全书在中国出版。但是基希对于文学性新闻报道的观念却是先于他的中国之行来到中国的。正如查尔斯·A. 劳林在他中文版《报告文学》指出的，1930年左翼作家联盟成立后几个月，他们就发表宣言呼吁报告文学应为无产阶级政治斗争而写作：

> 从激烈的阶级斗争中，从武装罢工中，从酝酿着的乡村斗争中，通过社区夜校，通过工厂通讯、各种墙报，通过所有富有煽动性的宣传工作，让我们创造我们的报告文学！只有通过这样的方式，我们的文学才能得以解放……

由于全球无产阶级作家运动具有国际化的"兄弟般"的性质，其成员之间往来频繁，使用共同术语就不足为奇。中国最早使用报告文学一词来源于刊发于1930年，从日本翻译的一篇文章——《德国的一种新兴文学》。说到基希，文章写道："从长期的记者生涯中，他创造出一种新的文学形式……这种文学样式扩展了文学的领域。"在解释性插入文字中，"报告文学"是写在括弧里从罗马文字拼出的，介于中国的表意文字和缩略语之间。

基希国际化影响最明显的标志也许应是1935年《国际文学》杂志的创立和发行，该杂志由国际无产阶级作家联盟主办，以德语在莫斯科发行。该杂志在基希50岁生日那天刊发以表彰他对这一文体的贡献。当时表达赞赏、祝贺的消息多达44条，几乎包括了"谁是谁"全球左翼文化艺术圈里的所有名人。有来自法国的记者、小说家亨利·

巴布思，美国共产主义作家迈克尔·金(该人也是诺思之前《大众》和《新大众》的编辑)，苏联文人谢尔盖·特列季亚科夫，德国剧作家贝尔托·布莱希特，匈牙利马克思主义哲学家和文学批评家乔治·卢卡奇，以及著名中国左派诗人埃弥撒·萧(萧三)。基希认为，“他们都坚持将文学性新闻报道变为艺术性的工作，既没有丧失其战斗精神也没有放弃艺术水准”。

然而，在这些无产阶级的有“战斗精神”的纯文学作家(如果这不是一个充满矛盾性的修辞引用)中，这种文体不能被理解为和沃尔夫对文学新闻的叙事性定义相一致。所以，这个概念就再次回到“小品、专栏”的修辞变化，而且其中也再次预示这种文体的包容性。在《国际文学》的发刊中，左翼批评家西奥多·巴尔克写道：

> 让我们来比较一下今天所有所谓的“报告文学”。有人写了本《杜波丽夫人传记》，他称之为伟大的报告文学之经典。有人周游世界并出版自己的旅游日记《来自世界各地的报告文学》。有人收集北极探险报告——它是报告文学……日记、传记、报告——全都是报告文学。

基希的写作证明，他更偏重于写作叙事性话语。虽然他不太涉及其他风格的写作，但他还是将材料置于一个较大的文本叙事框架中。读者可以从他的著作《亚洲巨变》中“斯大林纳巴德——在建之都”一章中看到这一点。该部分写的是新建苏联塔吉克斯坦的社会主义建设。该章论述了共产主义革命所取得的成就，例如指出，这片土地上现在已经有不少学生进入学校上学，而革命前绝大多数的塔吉克人是文盲。在“棉花统计”一章中，正如标题所示，是关于棉花种植的报道。这两章都包含在一种描述和叙事性的框架设计中。

基希一直被一些人认为是文学性新闻报道的创始人，其实他不是。我们宁可认为他是这一文体在当时最重要的国际推动者，并带领了促进这一文体的运动。他承认，他所受影响来自约翰·里德、拉里萨·莱斯纳和马克西姆·高尔基。基希至少是从1908年开始从事这种风格的写作，也就是说在他还是个年轻人的时候就受到高尔基的影响。里德和莱斯纳的影响应是在后来俄国革命和内战时期。假如基希在里德和莱斯纳的著作出版时已经长期从事那种叙事性文学性新闻报道的实践，他们在如何加强审美经验政治化方面应该会给予更大的影响。

下面这段关于美国共产主义作家约翰·斯皮瓦克的文坛轶事也许可以让读者更清楚地了解无产阶级作家运动的全球化性质是如何促进报告文学这一文体的：

> 20世纪30年代晚期，斯皮瓦克和基希在巴黎相遇并成为好友，他送一本书给这个捷克人，题字："给当代最伟大的记者。"基希笑对题字并说此题字意味着这本书不属于他而应属于苏联作家伊利亚·爱伦堡（也是位报告文学作家）。基希在斯皮瓦克的题字下再题字，然后两人一起把书送给正好在巴黎访问的爱伦堡。这个俄国人读了题字后说："不，这不属于我。它属于（美国共产主义作家）艾格尼斯·史沫特莱。"他在书上签字并寄给了史沫特莱，史沫特莱当时正随毛泽东的军队长征结束回到西雅图修养。史沫特莱认定这本书同样不属于她而应属于她的朋友安娜·路易斯·斯特朗，并签名后送她。斯特朗读完所有题字，说："哦，谢谢你。"留下了书。

斯特朗是另一位美国"左"派女记者。基希的写作和他的例子本身说明了这种文体是多种影响的融合。

基希两次前往苏联，一次在1925至1926年之间，另一次是于1930年在哈尔科夫参加一个作家会议。如果晚些时候，他很可能与谢尔盖·特列季亚科夫相遇，并在其后的会议上继续传播他关于"报告文学"的说教。这之间的联系是重要的，因为特列季亚科夫在早期苏联被认为是"事实文学"的"热情支持者"。此外，他的观点同基希类似，是苏联批评家里最强烈声称所谓报告文学将取代传统虚构小说的一个。

除了他们都参加了会议并相互知道，我们不了解更多关于他们之间的关系。因为，特列季亚科夫写他有关作家回忆录的时候说，他并未写到基希，因为他认为自己并不如了解其他他所描写的、熟知的作家朋友一样了解基希。但是，毋庸置疑，他认为基希为(1935 年表彰过其成就的)《国际文学》的创刊发行作出了贡献。

特列季亚科夫的作品包括 *Vyzov*(1930)和《一千零一个工作日》(1934)，这些作品皆有关农业集体化，他将这类作品命名为“事实罗列”的写作。此类最著名的例子也许应该是《中国证言：谭诗华口述特列季亚科夫的自传》(英文版的中文名为《邓惜华》)，该书俄文版于1930 年初版(1934 年英文版出版)。1924—1925 年，特列季亚科夫在北京大学讲授俄国文学，半年之内，他坚持每天会谈一个他的学生，他将受访者(并非共产主义者)看做致力于中国改革和现代化事业的年轻知识分子代表。但特列季亚科夫的叙述并非简单的回忆录或传记文字，因为他和“邓惜华”为该书内容提供了中国早期革命的文化版图。这种文化启示一直被描述为文学新闻的定义特性，而所谓文学性的报道(报告文学)强调的也正是描述性叙述。在这个连接点上，文学性报道和文学新闻是二而一的东西。

报告文学，尤其是特列季亚科夫的报告文学得到评论家瓦尔特·本雅明的赞赏。本雅明在特列季亚科夫所写文体中发现了未来文学发展的一种方向。“我承认，他只是其中的一个例子；我还可举出其他例子，”本雅明写道。“特列季亚科夫将其写作区别于告知型写作者。他的使命不在于报告而在于奋斗，不在于扮演旁观者而是积极干预。”本雅明还写道，“我特意引用了特列季亚科夫的例子，是为了给你们指出文学之视景有多么开阔和丰富，在此领域，如果我们还想对当下引导文学力量的形式表达给予鉴定的话，我们就不得不对技术因素影响的时代，以往有关文学形式和风格的概念重新思考。过去也并不仅有小说，未来也一样……”如此，批评家如同基希和特列季亚科夫一样对于小说的未来发出疑问。

本雅明还曾在别处写道，由于受新闻客观化的影响，资产阶级社会的传统报纸出现了一种麻痹读者想象力的趋势。文学新闻致力于

"交换主体性"或者至少是本着同情地参与尝试缩小主客体之间的距离。在本雅明看来，这就是特列季亚科夫所尝试的做一个"感同身受"或参与型作者。

此外，汤姆·沃尔夫也曾认为，他那个时代的"新"新闻要求记者致力于一种"饱和"报道。后来，学者诺曼·西姆斯将这种写作界定为类似的"沉浸式"报告。此类无论是饱和还是沉浸式写作，必然都将是把报道者的主观经验引入他或她所采写的东西里。这也正是特列季亚科夫所努力做的。在写作集体农庄的报道时，他和社员们吃住劳作在一起。就这样，在不同的历史时期和社会形态中，越来越多的批评家、学者及作家，就叙事性、文学性的报道和文学新闻之间达成了总结性的理论共识。

如高尔基1931年所见，特列季亚科夫所写的这种后革命时代的报告文学在苏联已广为流传，"这种描写的洪流是文学史上从未存在过的现象……写作者向数以百万计的读者们报告他们遍布广袤苏联大地的创造性力量，以及所有工人阶级创造性力量被应用的领域"。此时，革命前俄国散文形式里所具有的文学性报道的传统，在诸如基希、里德、莱斯纳、高尔基及特列季亚科夫等影响的描写"洪流"中不复存在了。在此期间，一个最被国际性认可的"所谓罗列事实"写作的例子就是瓦伦丁·凯特夫写于1933年的《时间，前进!》。该作品讲述的是建筑工人们在马格尼托哥尔斯克的施工现场，为了创造浇注混凝土世界纪录的24小时，这是在斯大林的指导下发起的大型工业化项目之一。闪回的电影技术风格、快速移动的场景、简洁的对话、粗略描述的大背景下突出的是黑白分明的人物形象塑造，显然有别于重心理描写的现实主义(曾占据西方小说的主流)，有点让人联想起美国表现主义作家，特别是早期的多斯·帕索斯"。因其早期写作生涯中的"左"倾同情因素，对于多斯·帕索斯的研究正在展开。1933年，当格兰维尔·希克斯、约瑟芬·罗斯、迈克尔·金及其他左派作家出版文集《1933年的美国无产阶级文学》时，他们分别选入多斯·帕索斯的一篇小说和报告文学，这也更加证明此类写作跨国的、全球化的审美风格是全球共产主义运动的结果。苏联的另一个例子是出版于1934年的《白海》(*Byelomor*)。该书是关于白海-波罗的海运河建设的记叙("byelo"在俄语里意思是"白"，"mor"意思"海")。该书由有"编辑三驾马车"之称(高尔基、奥尔巴克和佛林)的团队编辑出版，为首的便是高尔基。

正如所料，此类作品经常沦为明确的宣传，因为其目的无非是促进社会主义建设(虽然特列季亚科夫有关"邓惜华"的写作相对脱离于这个倾向)。例如，在《白海》一书中，工程师朱布里克曾是一个苏联工业的"破坏分子"和怠工者。革命前，他从无产者上升到了有产者。该书最后总结性段落这样写道：

> 朱布里克工程师终于赢得重回无产阶级怀抱的权利。朱布里克工程师在白海工程中再次发挥的重要作用为他赢得了这项权利(他为艰难的大坝建设作出贡献)——那是他人生中最重要的一次努力。他摒弃从前(所谓"资产阶级")的观念、幻想和偏见——所有那些资产阶级曾经毒害过这个年轻无产阶级的东西，从一个被压迫阶级的中心地带异军突起。

如此分析，故事就演变为以社会主义建设为出发点的思想道德剧。所没提及的是朱布里克工程师是在胁迫下出演自己的角色的，他是一名劳改犯，是那巨大的古拉格劳改营系统的一部分。

原则上，早期那些倡导"文学性报道"的，之所以反对明显宣传的理由是，那些有关工农劳作环境的事实描写是在替他们说话，且在说明世界革命的必然性。基希就特别强调这一点。但在阶级斗争的白热化阶段，这个结果却被发现近于悖反的边缘。尽管他自己也严肃反对明显宣传的写作，但基希本身并未摆脱对意识形态之迎合。《亚洲巨变》就是一例。显而易见，他写作该书的目的在于促进社会主义建设。在"参观加姆市"一章中，当他以思想品德课的口吻总结全文时，我们可明显看到这一点。他写道："但是，在出自一篇纯粹有关女性用品的文章中，卡斯亚德·米尔库兰在告诉我们一个自由女性是如何造就的故事。它也是苏联塔吉克斯坦共和国成千故事中的一个。"读者在"棉花"一章中依然可以看到这一点，在这里他把塔吉克斯坦的棉农和美国佃农做比较："我们想想美国南部各州棉花种植带，那里满是奴隶，正如林肯之前的时代一样。我们再想想那个国家，在那里，我们看到的是饥饿的、衣衫褴褛的、被剥夺的人群……"此后的1928年和1929年，他去美国旅行并写作了具有讽刺意味标题的文集《天堂美国》。

类似基希和苏联经验的这种宣传性叙事，都说明约瑟芬·罗斯在更缜密的研究后对报告文学的一个建设性的另一种定义。我再一次引用罗斯的定义："报告文学是一种三维性报道。作者不仅提炼现实，他还帮助读者去感受事实。优秀的报告文学者实为完全意义上的艺术家。他们通过形象塑造完成写作思想。"最后有关通过形象塑造完成写作思想一句同时也反映了另外一种意义上的可能：那就是形象应该可以毫不含糊地按照意识形态的需要去构造。世界革命的结果使得这种修辞合法化。结果常常是，世界成为决定论下的意识形态化的启蒙主义和可预言性。

在这种倾向性下，我们可探测到文学新闻和报告文学间的区别所在。正如作者在另一著作所指出的，致力于批评家巴赫金所说的"小说"的"现实不确定性"乃文学性新闻的一种特质，它在对抗那种随之而来的——包括政治的或鲜明意识形态的——结论。

在报告文学中，这个结论发生也许未必发生。相比文学新闻，报告文学不致力于描写现实的不确定性。文学新闻的作者运用他的语言反映和描摹徐徐展开的现象世界之流，不确定的现实世界由此产生。这种不确定性留给部分作者和读者有关解释现象世界时最终的、自我有效的开放式的多种可能性。那是因为在致力于叙述现象世界时，类似这样不确定性带来的开放式的结尾，总是会向那些对世界做理所当然之假设的各种主观性提出具有挑战性的批评空间，包括意识形态式的处方。人们可以从20世纪60年代和70年代被广称为"新"新闻，实为美国文学新闻之样式中探索到这一具有颠覆性的性质。其中最多被提及的有杜鲁门·卡波特、汤姆·沃尔夫、琼·迪迪恩、罗曼·梅勒及亨特·汤姆逊的作品，这些作品在其对美国及他者文化的考察中挑战社会现状。

以此向前，报告文学依然反映出一种可变性。在斯大林去世后苏联那些众多著名散文作家中，瓦伦丁·奥威克金应是最具有国际影响的一位。在20世纪50年代早期，他出版了描写俄国集体农庄生活的散文(例如《农场见闻》)，正如他之前的特列季亚科夫也写了苏联集体农庄。奥威克金从未放弃他社会主义梦想的憧憬，也许，从美国经验来说，他的写作显示出那么一点和20世纪20年代和30年代报告文学的不同。因为这些作品仍然具有相对争辩性，是一种类似巴赫金所谓的“绝对过去的陌生化形象”折中构思的结果，其中，意识形态为不确定现实世界所具有的流动的、可解释的各种可能性已经提供了结论。但在那个时代，奥威克金的散文却是对斯大林主义及当时盛行的“社会主义现实主义”的文学思想的直接挑战。从西方观点来看，奥威克金在文体形式的自由度上更接近虚构。他的散文基于自己作为一个集体农庄成员的亲身经历，但他在故事中用了虚构的人名。但他的这些文字依然被视为新闻写作。于是我们看到，即使被虚构了的作品可依然被看做新闻写作。奥威克金在处理反映社会主义理想化英雄人物的真实生活时，打破了固有的叙述传统。取而代之，他选择了以虚构的名字来描写真实生活存在的问题，结果就造成认识论上的悖论，和美国流行的新闻范式极不一致。也就是说，被诉诸虚构的真实生活似乎比那层出不穷的、被难以置信的所谓可靠信仰理想化了的英雄人物们更可信。我们也在此又发现这种文体的另一种可变特性。

1953年，文学期刊《新世界》刊登了一篇苏联文学批评家弗拉基米尔·波梅兰采夫关于奥威克金的文章：

> 奥威克金写到以前从未被描写过的事情。在他之前，这些话题是被回避的，人们对此缄默不语。某些作家从未看到它们，其他的认为这些问题尚待高层权威裁决，没被允许是不应被探讨的。但是这位作家触及这个话题并写了它，以便于帮助高层权威们！

今天看来，奥威克金的文字似乎也是受意识形态影响的，因为它们依然是对宣传的回应——其目的毕竟是"帮助高层权威们"——但在那个时代，这些文章还是令人瞩目的，因为它至少具有挑战体制的意味。当然了，这种挑战是从为了说明社会主义建设存在的真实问题这个利益点出发的。换言之，它们试图在社会主义建设成功过程中呈现一种妥协化的信仰，从而抵制被意识形态化了的结论。据波梅兰采夫看来，在赫鲁晓夫时代，奥威克金的写作确实是开创性的，堪称文化"解冻"之举。

如无异议，苏联最有益于文化解冻的著名作家当属后来的诺贝尔奖得主亚历山大·索尔仁尼琴，其作《古拉格群岛》是报告文学史诗性拓展的典范，索尔仁尼琴命名其为"一场文学调查实验"。在"作者的话"中，他坚持认为他所写之地点、人物和事件，"正如书中描写般在此发生"。但是，作为一次文学实验，他至少尽可能多地和波利特科夫斯卡娅的报告文学保持了共同点，也在混合修辞方式方面和亚利塞维奇接近。一方面，索尔仁尼琴在一些章节中经常使用第一人称来叙述，运用大块文字描写斯大林主义下的奴役劳动营。他也利用语言和审美经验之间的批评空间，致力于巴赫金所谓的"不确定当下"的固有阻力。然而，另一方面，他又站在一个思辨的历史学家立场来进行说明分析。换言之，索尔仁尼琴向他的管教们学习，故事结尾决定写作风格意味着作品是为了道德事业的利益而创作的。在首版《古拉格群岛》一书的前言中，他不无讽刺地指向高尔基编辑的《白海》，"这本书的材料已见于马克西姆·高尔基带领的36位苏联作家笔下，那是一本令人羞耻的关于白海运河之书，也是俄国文学中第一部美化奴役劳动的书"。

不用说，如此诋毁共产主义意识形态之陈词滥调的言语给他带来的只能是被苏联流放。

亚利塞维奇和波利特科夫斯卡娅带来了一个分界点。但是，在报告文学的世界性文体传统方面，他们也是索尔仁尼琴的继承者，因为他们都曾沿着早期文体的传统，致力于自身及他者文化之考察。当然，不仅是来自欧洲无产阶级传统报告文学的实践者，他们还是本土传统的发扬者。根据沃尔夫的定义，亚利塞维奇显然是文学新闻的实践者。相比之下，波利特科夫斯卡娅有时更多地根植于欧洲专栏小品文中可见到的那种思辨传统，那是一种更复杂的修辞多样性。

在他们的文学和新闻根基中，我们可揣摩到的是两种非常接近的传统。当两者都强调写作的叙述性、描写性的范式而回避写作的思辨、论战性的时候，报告文学和文学新闻是近乎二而一的。但是，当文学新闻致力于巴赫金所谓的现实不确定性时，历史中的报告文学有如此实践的，也有被明显的意识形态所指派的(再次，在巴赫金所谓的“绝对过去的陌生化形象”中，被给定的方案取代了可留待解释的、不确定的现象世界)。

如果至少存在一种性质各异的通用文体形式，那么，另一种可接近理解报告文学之“可变性”的思路就是，我们要认识到，起源于欧洲的报告文学历史上也许曾有一段时间是以政治意识形态化的写作为主的；而从修辞风格上来说，无论其是否具有明显的思辨倾向(用以反对那种些微和模糊的意识形态倾向，假如你认可大凡思辨性文字多少带有意识形态色彩)，历史上也确实存在多种在形式上可追根溯源的报告文学作品。如此而言，报告文学生来具有思辨性质，而叙述性的报告文学不过将这个思辨性封冻在了“绝对过去的陌生化形象”里了。叙述性的报告文学更类似文学新闻，它拥有流动的、不确定的现象世界，它授予作者和读者阐释世界的自由空间。

斯维特兰娜·亚利塞维奇和安娜·波利特科夫斯卡娅是出自相同文化背景却呈现堪称分界点之不同风格的两位记者。如果新闻形式的比较研究是旨在反映经验之美学感受，我希望通过对这个例子的考察，能为推进这一领域进一步研究带来前景。如果在其他国家的文学新闻写作中也还确实存在着左派传统，那么就有理由相信其在国际化文体的持续发展中也可能受到本土传统的影响。一些很值得深入研究的例子包括西班牙(正如许多左派作家所为，基希战争中也曾于此旅行)、葡萄牙(如罗萨·门德斯之定义)；另如君特·瓦尔拉夫作品反映的战后德国以及如加布里埃尔·加西亚·马尔克斯的文学新闻作品反映的拉丁美洲等。当然，肯定还有许多其他国家尚待确定的作家们，其创作可能会受益于这一新兴领域的研究。

（此文最初由约翰·哈索克教授发表于美国学术期刊《风格：话语与文化的形式》。该杂志1968年创办于芝加哥大学，现由俄克拉荷马大学编辑出版，是备受美国文化研究学界推崇的高规格人文学术杂志。此文受约翰·哈索克教授版权允许翻译出版）

索引①：

Bakhtin, M[ikhail] M. The Dialogic Imagination. Ed. Michael Holquist. Trans. Caryl Emerson and Michael Holquist. Austin: University of Texas Press, 1981. Print.

Benjamin, Walter. "The Author as Producer." Reflections: Essays, Aphorisms, Autobiographical Writings. Ed. and intro. Peter Demetz. Trans. Edmund Jephcott. New York: Schocken Books, 1986. Print.

—. "On Some Motifs in Baudelaire." Illuminations. Ed. Hannah Arendt. Trans. Harry Zohn. New York: Schocken Books, 1969. Print.

Berberich, Frank. Interview with director of the Lettre Ulysses Award, Berlin, 22 May 2006.

Borland, Harriet. Soviet Literary Theory and Practice during the First Five-Year Plan, 1950. New York: Greenwood Press, 1969. Print.

Breul, Karl. New Cassell's German Dictionary. Ed. and rev. Harold T. Better-idge. New York: Funk & Wagnalls, 1958. Print.

Carey, John, ed. The Faber Book of Reportage. London: Faber and Faber, 1987; rpt. as Eyewitness to History. New York: Avon, 1990. Print.

Gorky, Maxim, L. Auerbach, and S. G. Firin, eds. Belomor. New York: Harrison Smith and Robert Haas, 1935. Print.

Granta. Web. 29 April 2007

Hartsock, John C. A History American Literary Journalism: The

① 保留了原作的写作习惯，格式未作调整。

Emergence of a Modern Narrative Form. Amherst: University of Massachusetts Press, 2000. Print. 132 GENRE.

—. "'It Was a Dark and Stormy Night': Newspaper Reporters Rediscover the Art of Narrative Literary Journalism and Their Own Epistemological Heritage." Prose Studies 29. 2 (2007): 263-84. Print.

—. "'Lettre' from Berlin." DoubleTake/Points of Entry Spring/Summer 2007. 106-111. Print.

—. "'Literary Journalism' as an Epistemological Moving Object within a Larg-er 'Quantum' Narrative." Journal of Communication Inquiry 23 (October 1999): 432-447. Print.

Harvey, Paul, and J. E. Heseltine, eds. The Oxford Companion to French Litera-ture. Oxford: Clarendon Press, 1969. Print.

Hicks, Granville, et al. Proletarian Literature in the United States. New York: International Publishers, 1935. Print.

Hilton, Isabel. "Commentary-A Prize for the Underrated Genre of Literary Reportage." New Statesman. 13 Oct. 2003. Web. 23 June 2008.

Kasack, Wolfgang. Dictionary of Russian Literature Since 1917. Trans. Maria Carlson and Jane T. Hedges. New York: Columbia University Press, 1988. Print.

Kataev, Valentin. Time Forward. Trans. Charles Malamuth. New York: Farrar & Rhinehart, 1933. Print.

Katzner, Kenneth, ed. English-Russian Russian-English Dictionary. New York: John Wiley & Sons, 1984. Print.

Kerrane, Kevin, and Ben Yagoda, eds. The Art of Fact: A Historical Anthology of Literary Journalism. New York: Scribner, 1997. Print.

Kisch, Egon Erwin. Secret China. Trans. Michael Davidson. London: John Lane, 1935. Print.

—. Changing Asia. Trans. Rita Reil. New York: Alfred A. Knopf, 1935. Print.

—. Paradies Amerika [Paradise America]. Berlin: Erich Reiss, 1930. Print.

—. Zaren, Popen, Bolschewiken [Tsars, Priests, Bolsheviks]. Erich Reiss, 1927. Print.

非虚构，在极度被信任的大地上开出的文学之花

——以白俄罗斯记者亚历山大·阿列克谢耶维奇的写作为例

尽管存在很多争论，但多数时候，人们会认为"非虚构作品"起始于美国20世纪60年代的杜鲁门·卡波特的《冷血》。卡波特的早期创作属于虚构写作，后来进入杂志社工作，在新闻真实与虚构写作的不断尝试中，卡波特开始了一种新的写作理论框架——和纯粹想象力创造不同，这是一种基于新闻真实的文学写作。他自己解释道："这种工作基于一种自我从事专业写作以来就一直酝酿的一套理论……在我看来，新闻性和对事件的报道，结合在一起可以促成一种新的艺术形式：'非虚构小说。'"①所以，也正因如此，他一直自诩为这一文体的发明者。今天看来，所谓"非虚构写作"之所以能作为一种文体而存在、广为人知，和当时的许多写作者的努力是分不开的，比如诺曼·梅勒等。

当杜鲁门·卡波特的《冷血》在20世纪60年代出版之时，出版者在书名后加上了"非小说文学作品"字样，美国新闻界将其命名为"New journalism"(新新闻主义)。毋庸置疑，新新闻主义是被新闻史充分肯定的一项巅峰性成果，"非虚构"和"新新闻主义"一起获得了学界内外的广泛认知。正如《美国新闻史》(埃德温、默克尔合著)里写道：美国新闻界认为是卡波特和梅勒试验了"新式的非虚构报告文

① George Plimpton. Truman Capote: In Which Various Friends, Enemies, Acquaintances, and Detractors Recall His Turbulent Career[M]. New York: Anchor, 1998: 197.

学”……可以说“非虚构写作”从此正式进入严肃写作的领域。但也正如人们普遍认为的：“有几十篇文章和几本书都讨论这个问题，但没有得出一个简单的定义。”该书认为这种“非虚构报告文学”就是“新新闻主义”。文学界将其命名为“Non fiction novel”(非虚构小说)，即是说，“一般说来它是指运用记者自己的感受和访问手法从人物的内心获得对某一事件的观点，而不是依靠一般采集材料，提出老一套问题的手法，它是把重点放在写作风格和描绘方面”。① 美国一些作家看到这种体裁颇受欢迎，便趋之若鹜，形成了一股“非虚构小说”的写作潮流。因此，“非虚构作品”进入了美国有名的“普利策新闻奖”和“美国全国图书奖”(非小说类)，至今，“非虚构小说”仍然是广受阅读界欢迎的热门图书。

《简明不列颠百科全书》对这一词条的解释如下：以小说、戏剧性技巧，来叙述真人真事。美国作家杜鲁门·卡波特自称早在 1966 年首创这一流派，评论家则指出在他以前就出现了这种类型的新闻体小说。例如 J. 赫丁的《广岛》(1946)，通过 6 个幸存者的经历来叙述第二次世界大战期间对这个日本城市轰炸的事实。N. 梅勒的《刽子手之歌》(1979)重现了这一流派。

2010 年，中国人民大学出版社引进出版《开始写吧！非虚构文学创作》(雪莉·艾力斯编著，刁克利译校)，该书收录了包括美国国家艺术奖得主 David Vann，手推车奖(美国纪实散文最高奖项)、怀丁作家奖得主 Natalie Kusz，新英格兰图书奖获得者、《美国佬》撰稿人 Suzanne Strempek Shea，普利策新闻奖得主 Dianne Aprile 在内的近百位美国当代著名写作人的非虚文学写作教学课程并辅以写作练习，囊括了包括写作灵感培养、拼接式写作、人物刻画写作、场景(空间)写作、多线并程写作、隐喻与展现写作和“感官式写作”在内的几乎所有第四类写作培训和技巧练习。这标志着“非虚构写作”在中国受到新闻界内外写作者的广泛关注。与此同时，一批中国学界人士也开

① [美]迈克尔·埃默里，等. 美国新闻史：大众传播媒介解释史[M]. 展江，殷文，译. 北京：新华出版社，2001：495.

始着手创建非虚构文学写作(创作)体系。

2015 年 10 月 8 日，白俄罗斯作家斯韦特兰娜·亚历山德罗夫娜·阿列克谢耶维奇获得该年度的诺贝尔文学奖。一名记者获得诺贝尔文学奖，世界舆论为之哗然。颁奖词评价其文学成就："她的复调书写，是对我们时代的苦难和勇气的纪念。"世界为之哗然的并非其写作成就和质量，而是其一个记者的身份。事实上，阿列克谢耶维奇并不是诺贝尔文学奖历史中唯一一个得文学奖的记者——海明威当过记者，马尔克斯当过记者，阿列克谢耶维奇不过是至今仍全职在记者这一岗位上服役的"老兵"。对她的获奖，有人说，这是非虚构文学获得的荣光。《纽约客》上的标题干脆是："非虚构赢了诺贝尔。"非虚构写作的极致状态就是达到所谓虚构写作都不易企及的艺术境界，所以说，非虚构是在极度被信任的大地上开出的文学之花。所谓"极度被信任"，就是说阿列克谢耶维奇的写作是对"我们时代苦难和勇气的纪念"，它的所有文字都来自脚下的大地，来自俄罗斯或苏联的真实世界；而"复调书写"就是非虚构写作开出的文学之花。

之所以有"极度被信任的大地"之说，因为俄罗斯文学有一种"大地情怀"的传统，也有人称之为"弥赛亚"精神传统，就是直面真实世界，从不回避历史的黑暗、社会的痛苦的使命与担当精神。从黄金时代的普希金、莱蒙托夫，一直到白银时代的古米廖夫、曼德尔斯塔姆、帕斯捷尔纳克、索尔仁尼琴、阿赫玛托娃，都有这种对家国民族的深情关怀。他们不沉溺于自我的小天地，不沉溺于所谓艺术的象牙塔，不故作深沉也不无病呻吟，而是将笔触和一颗艺术之心深置于现实生活的最深处。对于家国民族的命运，他们觉得自己重任在肩，一个有良知和使命感的写作者，不应成为重大历史事件的缺席者。为此，他们不惜坐牢或者被流放。他们不信神也不信所谓真理，他们只信任自己看到的大地以及大地上的生灵。

亚历山大·阿列克谢耶维奇的父亲是白俄罗斯人，母亲是乌克兰人，作为曾经的苏联公民，阿列克谢耶维奇注视并思考这个庞大的国家，战争自然成为她观察这个国家的切入点。当所有的媒介宣传把卷入战争的人们塑造成英雄、英雄母亲或英雄家庭的时候，她却在用自己的亲身采访给人们呈现出生活的另一面。而且，她认为这才是应该被信任的大地。她在一次采访中说："已经有数以千计的战争作品，薄薄的和厚厚的，大名鼎鼎的和默默无闻的，更有很多人写文章评论这些作品。不过，那些书都是男人写男人的。关于战争的一切，我们都是从男人口中得到的。我们全都被男人的战争观念和战争感受俘获了，连语言都是男人式的。"①为了寻找她认为的真实，她费时4年，走遍200多个城镇与乡村，采访了数百名曾经参加和被卷入第二次世界大战里的苏联女性——战士、游击队员和后勤人员，记录下她们的谈话。然后在1981年，用5年的时间，写完了《我是女兵，也是女人》。这些女人的命运都曾被"二战"剧烈地改变，但在战后几十年，很少有人像她一样关注这类问题。从女人走向儿童，阿列克谢耶维奇写下《我还是想你，妈妈》，记录"二战"中苏联儿童的回忆。这场卫国战争，数百万苏联儿童死于其间，战争发生时他们只是2~12岁的孩子。阿列克谢耶维奇再次用口述的方式，记录了孩子们眼中的战争模样。

作为一名诺贝尔文学奖获得者，阿列克谢耶维奇的作品全部来自脚下的大地以及大地上人们的各自经历。无论是涉及第二次世界大战、阿富汗战争、切尔诺贝利核灾难，还是苏联的解体，她的作品来源于实地采访，写实性极强，着重于不同的个人命运组成的集体记忆，属于非虚构作品。她用口述记录的方式，讲述一个个真实的历史。也正因为如此，很多人觉得她的获奖超越了个体荣耀的意义——这是一场非虚构写作的胜利。"如何讲述真实"，一直是非虚构写作的核心问题。阿列克谢耶维奇擅长用口述记录的方式还原真相，而不愿意去遵循既有的文字历史记录。她曾说过："我越是深入地研究文献，就越是深信文献并不存在。没有与现实相等的纯粹的文献。"②这

① ［白俄］S. A. 阿列克谢耶维奇. 我是女兵，也是女人［M］. 吕宁思，译. 北京：九州出版社，2015：155.

② ［白俄］S. A. 阿列克谢耶维奇. 锌皮娃娃兵［M］. 乌兰汗，田大畏，译. 北京：昆仑出版社，1999：452.

也是促使她无数次去采访那些在战争和灾难中受伤人群的动力。

那么，何谓“复调叙事”？所谓复调(polyphony)，本是音乐术语，指欧洲古典音乐的一种体裁，意即没有主旋律和伴声之分，所有声音都按自己的声部行进，相互层叠，构成复调体音乐。“复调小说”是苏联学者巴赫金创设的概念。巴赫金借用这一术语来概括陀思妥耶夫斯基小说的诗学特征，以区别于那种基本上属于独白型(单旋律)的已经定型的欧洲小说模式。“独白型”小说的一个突出特征，就是作者本人是全知全能的上帝一般的存在，故事中的每一个人物、每一个发展情节，都是按照作者的意志支配向前推进的。众多性格和命运构成了一个统一的客观世界，在作者统一的意志支配下层层展开，所有人物都是作者眼里的意识客体。而巴赫金发现陀思妥耶夫斯基笔下的人，有众多各自独立而不融合的声音和意识，每个声音和意识都具有同等重要的地位和价值，这些多音调并不需要在作者的统一意识下层层展开，而是遵循着每一个人的性格发展发出声音、意识或话语，作者是遁形的。如此形成的小说具有十分开阔的对话性空间。显然，在集权主义的苏联，此种哲学体系势必要被当局遏制，巴赫金也因此命运多舛。但“复调小说”的概念是现代文论的一个重大飞跃，对读者反映论、接受美学、解构主义等都有深刻影响。阿列克谢耶维奇不止在一个场合说起过陀思妥耶夫斯基的写作对她的巨大影响。

本文认为，阿列克谢耶维奇不仅仅把“复调”理论运用于对一个故事主题(比如对于阿富汗战争，对于切尔诺贝利核灾难)的多方位(多声部)叙事中，就是说，她不仅仅把“复调”当成一种叙事策略，而是把“复调”的思想延伸于对整个国家民族历史的理解与重构中。也正因为如此，她才会把采访的对象确定为那些村庄的农民、街边闲谈的妇女或者孩子，让这些最边缘的、任何时候都可能被最先忽略的如一粒沙一样微不足道的人群，永远都不会进入官方叙事话语体系的人群发声。她说：“如果说一个人是一粒沙子，成百上千的人就是历史。”①记录女

① 徐馨，曹玲娟. 用文学捕捞时代——专访作家斯伟特兰娜·阿列克谢耶维奇[N]. 人民日报，2016-08-21.

人的眼泪、倾听孩子的哭喊，在她的故事里说话的都是“小人物”。阿列克谢耶维奇从来就没有想成为一个官方话语中的作家，她也从来就与“集体”“爱国”“英雄”“国家”等这些宏大的词汇刻意保持距离。即使写成《我是女兵，也是女人》和《我还是想你，妈妈》这样的书后，已经足够表现战争的残酷，但她依然觉得和苏联军事文学的正统距离太近，直到《锌皮娃娃兵》写成后，她才对自己的状态感到满意。“我希望我能通过让各种人‘发声’而尽可能呈现出世界的真实面貌，继而让这种真实可以治疗更多的人。”①什么是历史？历史是什么？在她这里，历史不是王侯将相，历史是无数时间长河中如沙粒一般存在的“小人物”的心灵史，这就是“复调”的历史，历史不是权力者的独唱，历史是“复调的”。我们不能不承认，这是一个堪称伟大的写作策略。阿列克谢耶维奇就是靠着这样的策略建构起自己的诺贝尔文学奖的不朽声名。

事实上，任何具有创新性的写作都不是空穴来风。阿列克耶维奇要从“沙粒”见证历史长河的面目，她并没有刻意挑选沙粒中的大颗，也没有把选中的沙粒当成任自己随意摆布的积木，她让这些沙粒自言自语，在看似平静的话语下呈现出一个逝去的熟悉又陌生的残酷世界。在平静的叙述中，写作者本人消失了，留下的只有画面，那些原以为过去是那样，而其实是这样的奇异、残忍或非人的历史场景。这就是人们所谓的“口述历史”。“口述历史”并非阿列克谢耶维奇的创造。在苏联，最早尝试做口述历史的人是从1941年到1945年之间发生的战争之中活着归来的士兵们。其中一位是白俄罗斯作家阿列西·阿达莫维奇（Ales Adamovich），阿达莫维奇十几岁时便加入白俄罗斯的游击队抗击德国军队。另一位便是苏联作家丹尼尔·格拉宁（Daniil Granin）。丹尼尔·格拉宁之前是一名靠近列宁格勒的卢加河前线作战的老兵。阿达莫维奇对阿列克谢耶维奇的影响很大，阿列克谢耶维奇甚至称他为自己的导师。如果说，陀思妥耶夫斯基在创作思想上影

① 用文学捕捞时代——专访作家斯韦特兰娜·阿列克谢耶维奇[N]. 人民日报，2016-08-25.

响了阿列克谢耶维奇，那么阿达莫维奇则直接在如何写上对阿列克谢耶维奇产生了指导性的影响。有所不同的是，阿历克谢耶维奇在让“沙粒”说话上来得更彻底和直接，因为作为采访者的记者在书中似乎不再被读者看到或听到了。因为只要仔细比较，他们的访谈方法并不完全相同。阿达莫维奇会在访谈中不断加入自己的评论，阿列克谢耶维奇则完全让受访者表达自己，她只在倾听是谁在表达、如何表达这种诉说的文字风格中呈现自己。

若干世纪以来，诗歌、戏剧以及后来的小说高居文学艺术的殿堂。包括瑞典学院诺贝尔文学奖评委在内的批评界，在文学阅读趣味上传统而保守，普遍认为纪实性作品是难登艺术殿堂的简陋之作。“非虚构类——那是什么玩意，那不过是我们早晨喝的劣质饮料。它没有任何意义。”①但事实是，蒙森(代表作《罗马史等》)与罗素(代表作《西方哲学史》等)分别于1902年和1950年获得诺贝尔文学奖，而1953年丘吉尔以《第二次世界大战回忆录》也获此殊荣。如果《史记》有堪与其原著媲美的英文版本，司马迁也是无愧于一个诺贝尔文学奖的。对于文本，文体不是最重要的，最重要的是看写什么和怎么写，每一类文学文体都有独特的形式追求，以及能达到的艺术制高点，纪实作品也不例外。以“纪实”为根本的“非虚构”，突出以现实元素为背景，淡化了文学和纪实题材的严格界限，同时也广泛吸收了社会学、历史学、人类学等其他领域的方法。从新闻的角度看，非虚构其实是抵达真实的另一种方式。早在20世纪中叶，一些美国作家发表了一些非虚构作品，比如杜鲁门·卡波特的《冷血》和诺曼·梅勒的《刽子手之歌》等，或者更久远点的比如约翰·赫西的《广岛》等，如果所非虚构不具有事实之外的另一种真实，即一种情感的、心灵的以及历史的真实感，就不会至今仍端居经典之列。

那么，阿列克谢耶维奇的复调叙述是如何打动评委，又是如何抵达非虚构写作的艺术至境的呢？那就是作为底色一般存在于其6本非

---

① [白俄]S. A. 阿列克谢耶维奇. 锌皮娃娃兵[M]. 高莽，译. 北京：九州出版社，2015：10.

虚构作品中的悲怆感。从目前读者能看到的中文版看，《战争中没有女性》《车诺比的悲鸣》《锌皮娃娃兵》《切尔诺贝利的回忆：核灾难口述史》《我不知道该说什么，关于死亡还是爱情——来自切尔诺贝利的声音》《我还是想你，妈妈》《我是女兵，也是女人》以及最新译本《二手时间》，只要有一点艺术感觉的人，稍微深入感受，估计没有读者不会被行文中的悲怆气质所“击痛”。这种气质是俄罗斯文学所特有的艺术气质，它来自介于欧亚大陆连接处的寒冷、广袤的大地；来自那片大陆上人们的生死爱恨，那是来自陀思妥耶夫斯基、索尔仁尼琴以及别尔嘉耶夫的传统；来自曼德尔施塔姆、茨维塔耶娃、阿赫玛托娃在内的“白银时代”诗人和诗歌中深刻的“苦难性”，阿列克谢耶维奇不过是将这种艺术气质拓展到了纪实和非虚构写作的领域。她说，每个时代都有三件大事：怎样杀人、怎样相爱和怎样死亡。阿列克谢耶维奇关注的恰恰都是这些最悲痛、最沉重的事件。阿列克谢耶维奇不掩盖、不粉饰苦难的存在，她承认民族与国家以及个人命运的苦难性。陀思妥耶夫斯基也曾说过类似的话：不经历苦难的人是不完整的。甚至在俄罗斯民族占主要地位的东正教教义也始终坚持，人降生到这个世界就是为了承受苦难。神职人员也总是在祈祷中告诉人们，人们不是为安乐、享福而生的，人们理应经受磨难，美好的、永恒的生活只在天堂。但阿列克谢耶维奇要追问，为什么这个民族就注定要经历苦难？为什么人们的生活不能是光明的、愉快的？因为明明有一些苦难是人为导致的啊！所以，她认为，无论是在切尔诺贝利，还是在某场战争中，苦难并不能让人更完整，而是让人“变形”“变弯曲”。她也不认同人们常说的——苦难是我们的“大学”，苦难是民族历史上一些阴暗的角落，在人的心灵上长久地留下黑暗的印迹。所以，她要倾听人们对于苦难的记忆，人们不仅要提及而且有必要反思过往的苦难！

所以，她写阿富汗战争中失去年轻生命的娃娃兵：预制板搭起来的农家茅舍里，母亲们扑到钉得严严实实的锌皮棺材上（锌皮棺材里的娃娃兵甚至不能伸展身体），绝望地哭天号地；不久，她们又在职工面前、在学校里，号召其他的孩子要“完成对祖国应尽的义务”。

她记下切尔诺贝利核电站泄漏之后一个母亲谈她的孩子——“她出生时不是婴儿，而是一个小袋子，除了眼睛之外，没有任何开口。病历卡上写着：‘女孩，多重先天异常。肛门发育不全，阴道发育不全，左肾发育不全。’第二天，她在人世的第二天，我看着她动手术，我以为她会哭，她却睁开眼睛微笑。天啊，她笑了！”①士兵、护士、妻子、情人、父母、孩子的回忆，在极简主义的叙述里，在没有中心人物，没有情结设计，也没有什么艺术结构的叙事里，标题也不过类似“一位母亲的话”“一位中士侦察兵的话”这种格式，然而每一页都是“奇异而残忍”的故事：奇异、残忍到荒诞，荒诞到很多当事人都无法接受的程度。阿列克谢耶维奇关心的核心，永远是人性，是人在灾难面前呈现出的本真状态——每个人在各自的口述里所透出的愤怒、恐惧、坚忍、勇气、同情和爱。

阿列克谢耶维奇称自己的写作模式为“自己的文献文学”。这里有两层含义：“文献”意即写作的真实性，是来自极度被信任的大地的叙事，如大地一样沉默的大多数，让沉默者大多数发声的口述历史；“文学”的含义是肯定叙事的艺术，看似朴素、简单、白描、缺乏任何修饰的口语化句子，最终呈现为一种震撼人心的阅读体验。如果说罗丹的雕塑是在“和石头搏斗”，那么，阿列克谢耶维奇“文献文学”式的写作就是“和时间搏斗”。她说自己去倾听众多小人物的声音，不过是抓取那些被生活遗忘的“废料”，再将“废料”进行清洗和打磨，而后从中创造出艺术。如果说文献资料上的历史很多时候只是数字的话，文学就是要让这些人在遁入昨天的时候，还能留下他们的情感，比如踏上战场前的他们怎么和心爱的人告别。这时的“小人物”传递出的是非常强大的痛苦，传递出的是一个时代的情感、一个民族真实的灵魂状态。

这种非虚构作品让我们觉得“这世间，百看不厌”。其所抵达的世界真实和艺术境界，都远远在所谓纯粹的、想象的、虚构的文学之上。

① ［白俄］S. A. 阿列克谢耶维奇. 切尔诺贝利的悲鸣［M］. 方祖芳，郭成业，译. 广州：花城出版社，2015：96.

《冷血》里的两个真实①

《冷血》之所以能至今不断再版的秘密，在于卡波特在写作中抵达了两种真实，即事实(新闻)真实和艺术真实交汇之至高境界。一般同类(非虚构或纪实文学)写作在实现了第一种真实后，多数在去往第二种真实的跋涉中显出不足。这种境界是文字叙事艺术所特有的，它就是当代波兰现象学哲学家和美学家罗曼·英伽登所谓的作品的“形而上学特质”。《冷血》里叙事最成功的人物是佩里，就卡波特而言，作为“意识客体”的“他(佩里)”就是作为“意识主体”的“他(卡波特)”。卡波特的起源于美国南方的哥特式文字风格，再加之他从业新闻后对创新式写作的探索，最终形成了他的叙事艺术特质，也就是非虚构理论的成熟。他的叙事方式，是“意识主体”和“意识客体”相遇的最佳“意识方式”。所以，他能在一个基于事实的(意识客体)叙事中，实现两种真实，即新闻真实和艺术真实的激情碰撞，从而在作品中实现了英伽登所谓的悲剧性的“形而上学特质”。“形而上学特质”，也就是中国传统文论里所谓的“意蕴”。《冷血》不仅是“深度报道”，更是有“意蕴”的艺术。然而，对于作者本身来说，这种艺术的“至高境界”是一种有杀伤力的“美”，因为“形而上学特质的显示构成了我们的生命的顶点，同时也是我们的生命和所有一切存在的东西中最深邃的东西”。②

1959年，因欧亨利奖和《蒂凡尼的早餐》而声名大振的青年作家杜鲁门·卡波特在《纽约时报》看到一则短消息，消息简短报道了发

① 本文系作者所承担国家教育部人文社科规划基金项目之阶段性成果(课题名称：“中美文学新闻叙事比较研究”；项目编号：x2xcD2152940)。

② [波]罗曼·英伽登. 论文学作品[M]. 张振辉，译. 开封：河南大学出版社，2008：284.

生在堪萨斯州一家四口惨遭灭门之灾的凶杀案。6 年之后，卡波特在此短消息基础上完成了近 30 万字的故事《冷血》，并由兰登书屋正式出版。无论是从文学及新闻研究的理论界还是从阅读市场而言，该书取得成就之高皆出人意料。至今，除了有个别批评家对故事的最后情节，即被害人一家是否得到善后照顾有虚构之疑外，作品一直被各路权威置于 20 世纪人类文学新闻写作中的经典地位。1985 年，59 岁的卡波特死于酗酒和过量用药。人们对此的一般说法是，因为该书带来的财富收入，使卡波特从此过上了花天酒地的纵欲生活，最终带来死亡。人们很少将这两件事情从内部联系上给卡波特的“创伤再临”做解释。本文认为卡波特之死和他作品内含的艺术特质有极大关系。

如前所述，《冷血》之所以能高于无数纪实文学的秘密，在于卡波特在写作中抵达了两种真实：即事实(新闻)真实和艺术真实交汇之至高境界。然而这种艺术的“至高境界”是所谓有杀伤力的“美”，正如：“娄江女子俞二娘，酷嗜《牡丹亭》曲，断肠而死。”[①]甚至演员菲利普·塞默·霍夫曼，在完成电影《卡波特》拿下奥斯卡最佳男主角之后，于卡波特死亡之后的 30 年，也因用药过量而死，年仅 46 岁，不能说跟卡波特本人的故事没有一点关系。这种艺术境界，是艺术的至臻之美，也是艺术的“至毒之毒”。这是文字叙事艺术所特有的，它就是当代波兰现象学哲学家和美学家罗曼·英伽登在《论文学作品》中所说的“形而上学特质”，具体在《冷血》中就是悲剧性的“形而上学特质”。

英伽登师从现象学大师胡塞尔长达 6 年之久。作为胡塞尔最优秀的学生，英伽登深刻理解并掌握了胡塞尔的现象学本质，并在此基础上，拓展、形成了自己的哲学、美学思想体系。建立于心理学基础上的现象学，强调意识主体与被意识客体之间关系结构上的意向方式问题。英伽登在认识论上基本遵循胡塞尔的思路，即把“意向性”作为自己哲学、美学研究的重要概念；但在本体论上却与之相反，趋向实

① 徐扶明．牡丹亭研究资料考释(第四编)[M]．上海：上海古籍出版社，1987：213.

在论。英伽登认为本体论研究应先于现象学研究。对于文学，他直接从作品本身出发，强调艺术作品的本体论地位，从而建立起自己的现象学美学和文艺理论。英伽登在晚年还集中研究文学作品的“美学质素”问题。认为“美学质素”就是美学中的形而上学性质：崇高、悲怆、恐惧、震惊、哀悯、神圣、妩媚、平和等。此外，还有一种“艺术质素”，即：复杂、明澈、清晰等。这两种质素构成了文艺作品“中性骨架”的最主要内容。

显然，纵使无数次、被无数的图书管理员误置于“犯罪或侦探小说”的书架上，《冷血》震撼读者的美学特质不是悬疑探案，而是“悲怆”。卡波特之所以能在一个基于事实的(意识客体)叙事中，实现了英伽登所谓的悲剧性的“形而上学特质”(也就是中国传统文论里所谓的“意蕴”)，就在于作为意识主体的他，不自觉地选择了一条与意识客体之间一个最佳的所谓“意向方式”，从而实现了两种真实，即新闻真实和艺术真实的激情碰撞。原因一，他和杀手之一的佩里实在太像了。正如哈勃·李说的那样：“我觉得卡波特每次看佩里就像在看自己的童年。”①原因二，从酸苦童年滋生起来的以及后来的写作实践综合形成的叙事风格，决定了他自然而然地用一种貌似平和、实则比凶刀更加绝望悲冷的文字向世人讲述这个故事。

一、“他”就是“他”——“意识主体”的卡波特与“意识客体”的佩里

1959年，卡波特从《纽约时报》上看到一则发生在堪萨斯州的灭门凶案。简短报道当然是缺乏细节，但敏感如卡波特则霎时意识到了这件事情的悲剧意蕴。他说“在读完这则故事以后，它迅速痛击了

① John J. McAleer. An American Tragedy and In Cold Blood: Turning Case History into Art[M]//The Critical Response to Truman Capote. Ed. Joseph J. Waldmeir and John C. Waldmeir, Westport, Connecticut: Greenwood Press, 1998: 208.

我……”①试想当时的《纽约时报》该有多少读者，为什么这则短新闻单对卡波特有“迅速痛击”之感？

佩里是在没有温情且未蒙任何道德准绳感化的环境中长大的。家境贫穷，父母打闹、酗酒、鬼混，最终离异。家庭破裂后，他随母亲迁至旧金山，在那里围绕着佩里成长的依然是贫困、酗酒。后来，佩里被母亲寄养到一家天主教孤儿院里。在孤儿院，他因为尿床而被修女们嘲笑和虐待。卡波特的童年创伤比佩里甚至有过之而无不及。1959 年 11 月读到《纽约时报》的那则新闻时，卡波特已是颇负盛名的作家，但悲苦心酸的童年并没有离他远去，童年创伤始终笼罩着他的思想意识。看到这则凶杀新闻，他直觉发现了某种自己特别熟悉的气味，他感到被瞬间“痛击”，似乎能在情感上自然而然走近佩里这位冷血杀手。

卡波特是母亲莉莉 17 岁时生下的“意外的孩子”。孩子的不期到来成为这一对空想远远大于生存能力的父母放荡和沉沦的借口。物质得不到满足的莉莉甚至当着她以为不懂事的孩子面和别的男人苟且。但后来卡波特回忆道：“她有次和一个男人在圣路易斯上床，那时我才两岁左右，但我清晰地记得发生了什么。那个男人有着棕色的头发，我们在他的公寓里，而我睡在沙发上。”②他就这样被他们带着四处流浪。晚上他们把卡波特锁在酒店房间里，然后各自寻欢，并告诉酒店员工即使他在房间里呐喊嚎叫，也不要让他出来。卡波特回忆写自己在房间里拼命哭号，哭号到疲倦了，就把躺到床上或者地板上直到父母回来。“每一天都是一场噩梦，因为我害怕他们不再回来。我对被遗弃有一种很强烈的恐惧，我能记得实际上我的整个童年都是生

---

① George Plimpton. Truman Capote: In Which Various Friends, Enemies, Acquaintances, and Detractors Recall His Turbulent Career[M]. New York: Anchor, 1998: 199.

② Gerald Clarke. Capote: A Biography[M]. New York: Simon & Schuster Paperbacks, 2010: 12.

活在这种紧张的恐惧之中。”①1930年，卡波特6岁生日的几个月前，父母分道扬镳，卡波特被遗弃的恐惧终于成真。从卡波特之后作为小说家的成功经历中看出，他有着非常好的记忆天赋和超人的感受力，尽管卡波特那时很小，但他却能感受到父母对他的忽视，这种情感体验直指他在《冷血》中对佩里的同情。

父母离异并没有结束卡波特的童年痛苦。偶尔出现的父母、永不会兑现的亲子诺言，这些都导致他对父母的失望与日俱增。“从此再也不会相信他了。”②母亲偶尔会给卡波特一种幻觉——她会带他回到她身边。而每一次莉莉驾车离开后，卡波特都感到绝望，莉莉留下的只有她的香水味。有一次卡波特发现莉莉忘记带走的一瓶香水，他拿起来就把它一饮而尽，期望这样能够把他带回到自己母亲身边。有一次莉莉开车离开，“我站在路上，看她在一辆黑色别克车上越开越远，车越来越小越来越小，就像一只狗，看着，等着，希望着她能够回来，那就是我那时的一张画像”。③

佩里有着同样忽冷忽热的亲情。佩里的父母离婚以后，他跟着母亲。母亲酗酒、滥交，根本无法很好地照顾自己的孩子，于是佩里不得不把希望放在父亲身上。父亲来学校看佩里，但他不能带佩里离开，无论佩里多么希望父亲带自己走。这一点和卡波特的经历十分相似。

来自父母这种忽隐忽现的所谓关心，对卡波特造成了更大的创伤。1931年11月，离婚后的莉莉带着卡波特再嫁去了纽约。卡波特依然处于恐惧和紧张中，他担心自己再次被抛弃，或被另一个人取代。莉莉之后开始酗酒，因为再婚的不幸福以及卡波特的女孩式的性格而喜怒无常。而同样可怜的佩里说：“他对自己儿子各方面都缺乏

---

① Gerald Clarke. Capote：A Biography [M]. New York：Simon & Schuster Paperbacks，2010：14.

② Gerald Clarke. Capote：A Biography [M]. New York：Simon & Schuster Paperbacks，2010：25.

③ Gerald Clarke. Capote：A Biography [M]. New York：Simon & Schuster Paperbacks，2010：24.

了解。譬如说口琴吧，我第一次拿起口琴就会吹，吉他也是这样。我有天生的音乐才能。但父亲根本没有意识到这一点，也从不在乎。我还喜欢读书，喜欢扩充自己的词汇量，喜欢写歌，而且也能画画。但是我从未从他或者别人那里得到任何鼓励。”①内心戚戚然的卡波特在佩里的故事里实质上流的是自己的泪。因为莉莉也像佩里父亲一样，每当醉酒，她都会把卡波特的手稿撕得粉碎扔在他的脸上。她指责卡波特的小说灵感是从她读过的一本小说中偷来的，莉莉就如此摧毁着卡波特的所有自信。卡波特评论自己的母亲是一个“我生命中最糟糕的人”。② 她对卡波特矛盾的态度、毁灭性的言辞以及她的酗酒行为，都对卡波特造成了严重的心灵创伤。

佩里从孤儿院出来以后，又被母亲送进一家救世军办的儿童收养院。这里佩里的境遇更惨。因为尿床，一个修女甚至用手电筒打佩里，直把手电筒打烂为止。有一个护士还用皮带狠狠地抽他，并在其阴茎上涂膏药，拿佩里在其他孩子面前当笑料，直到佩里因为性侵造成的后果住进了医院。后来，十六岁的佩里当海员，船上那些充满暴力倾向的同性恋船员使这段时间成为佩里不堪回忆的痛苦经历。从那以后，佩里每天做噩梦，他的心里也开始发生了一些变化。这些惨痛的经历挑战了一个孩子对宗教的信仰，施暴的行为成为其讨厌修女、讨厌上帝和宗教的一个原因。③

类似成长期的凄苦，卡波特也亲身经历。莉莉痛恨自己儿子女孩一样的行为，她求助于医生和卡波特的老师们，结果反遭其中一个人面兽行老师猥亵。之后，莉莉又把未满 12 岁的卡波特送进西北军校。作为新来的漂亮小男孩，卡波特成为几个强壮男孩的“性游戏”玩具。在军校的性侵经历加重了卡波特的心灵创伤，从某种程度上来说，这

① [美]杜鲁门·卡波特. 冷血[M]. 夏杪，译. 海口：南海出版公司，2013：139.

② Gerald Clarke. Capote：A Biography[M]. New York，Simon & Schuster Paperbacks，2010：41.

③ [美]杜鲁门·卡波特. 冷血[M]. 夏杪，译. 海口：南海出版公司，2013：138.

种儿童和青少年时期的性侵经历有可能一定程度上促进了卡波特的同性取向。这种相似的经历使卡波特对佩里产生了无限同情。

在《冷血》的叙事方式中，卡波特不自觉地运用了大量篇幅写佩里的童年经历、成长过程、才艺性格及心理活动，而对另一个杀手迪克的描写就带有明显采访者与被采访者的距离感。毋庸置疑，卡波特通过佩里在讲自己的心灵故事。在这里，"意识主体"和"意识客体"已经不自觉地合一。

二、他只能这样讲故事：卡波特艺术特质的形成

1. 从南方的哥特式到创新式写作的探索

1941 年，年仅 17 岁的卡波特开始为《纽约客》工作，天性敏感又不善数字的他很快就被从会计部门调至美术部。然而卡波特不仅想为杂志工作，更想为杂志写作。他很快就开始为"小镇谈话"(Talk of the Town)栏目写作。17 岁出版了三部短篇故事，并于 19 岁获欧亨利奖。与此同时，卡波特离开了《纽约客》，成为一名年轻小说家。这阶段可视为卡波特写作的初创期。他和当时的许多写作者一样，深受海明威的影响。海明威在西班牙内战背景下写的小说，有很多章节看起来都像一个记者对事件的描述——尤其像他在《多伦多明星报》时的报道。这种新闻性和文学性结合的写作方式渗透在卡波特的写作中。但二者的不同在于，卡波特是将带有倾向性的文学写作方式加入他的新闻报道里，而海明威则是将一些新闻记者的写作方法运用到了小说当中。这种"倾向性"实质上为他未来探索"意识主体"和"意识客体"之间的"意向方式"奠定了基础。

从 1945 年开始，卡波特以专业作家的才能不断赢得荣誉。南部凄凉童年生活的影响、对威廉·福克纳、弗兰纳里·奥康纳和卡森·麦克勒斯等作品的阅读，加上敏感的天性，卡波特早期的作品风格通常阴森险恶，仿佛是一种哥特式写作和美国南部写作风格的融合。短篇小说《主人的痛苦》《米利亚姆》和《无头鹰》，写作上几乎模糊了现实和虚构之间的界限，给人某种幻觉，营造出一个噩梦般的世界。海伦·S. 加森指出，《别的声音，别的房间》"属于南方哥特式写作模

型，但它更像是一个巴洛克式的虚构小说。小说家把哥特式风格和南方的人物和设定结合在了一起。小说带有神秘、悬疑和惊悚的色彩”。① 在这些早期作品中，现实主义让位给象征和隐喻。对卡波特来说，什么是真实的，什么不是真实的，这并不重要，重要的是他用他的角色构成了一个完整的艺术世界。

卡波特早期作品还有个突出特点就是对“边缘人物”的着迷，这也是为什么他在《冷血》中对佩里着迷并产生极大同情的原因之一。这些边缘人物通常被拒绝介入这个社会，像局外人，与环境格格不入，或是被孤立出来的孤独者。乔治·加瑞特指出，在卡波特的大多数作品当中，“这些边缘人物或局外人，统统秉着另外一种价值观，而这种价值观与传统道德相违背。那些表面上一本正经，想要在这个现实生活中表现得体，与口是心非打打交道的人，往往是伪君子，暴露出一种欺骗或自欺”。② 卡波特感兴趣的是那些拒绝介入主流社会的人，以及这些人所创造出来的社交圈与道德水准。

同时，卡波特也没有放弃新闻性写作并在此领域取得成就，他于1946—1950年发表的新闻媒体文章，反映出其早期对记者和小说家技巧进行结合的兴趣，比如《地方色彩》。在这些文章中，卡波特凭借其敏锐的洞察力和对细节的擅长，在文章时空观念上做到了浓缩。里德·肯尼思指出：“《地方色彩》与其说是对现实的建立，不如说是对现实的敏锐领悟，而这些速写体现出来的是作者卓越的洞察力。”③ 对于卡波特来说，这些篇章更像小说而非新闻报道。通过它们，卡波特打磨了自己的描写和叙述能力，以此让他的文章在被阅读时能有一种审美体验、一种美学上的享受。卡波特23岁时的作品《别的声音，别的房间》被誉为“20世纪中期文学的试金石”，其中两种写作风格

---

① Helen S. Garson. Truman Capote. New York: Frederick Unger Publishing, 1980: 13.

② George Garrett. Then and Now: In Cold Blood Revisited [J]. The Virginia Quarterly Review, 1996, 72(1): 471.

③ Reed T. Kenneth. Truman Capote [M]. Boston: Twayne, 1981: 96.

的融合就出色地表现在他对语言的驾驭能力中。

卡波特这种融合新闻与文学的创新式写作，主要体现在两部著作中：《缪斯们受人倾听》和《竖琴草》。他在冷战高峰时期随歌剧《波基和贝丝》被派去列宁格勒，其间发表于《纽约客》的文章再版后改为《缪斯们受人倾听》。标题来自一个苏维埃文化部门职员的演讲："枪炮讲话时，缪斯陷入沉默。当枪炮沉默时，缪斯才受人倾听。"在卡波特笔下，整个故事轮廓由一些个性鲜明的人物支撑起来，比如艾拉·格什温、导演罗伯特·布林，还有同行的记者同事伦纳德·里昂。文章允许卡波特运用他一双记者的眼睛和小说家的美学感受，用初步成型的小说写法来为新闻报道服务。冷战时期，苏维埃政权对大多数美国人非常神秘陌生，通过卡波特的叙述方式，苏维埃鲜活的形象跃然纸上。尽管卡波特自己也无法从当时美国社会中的反共意识形态中完全超脱出来，但是他接受了这样一个事实：他们不是敌人。就像他和他的同事第一次看到真正的苏联时说的那样："我们发现俄罗斯人实实在在长着两只眼睛，有点惊讶，又有点恼怒。"①这对于美国民众来说是一个很有力的指示：之前的一切预想和偏见都是不可信的。

20 世纪 50 年代，卡波特持续写作他的虚构作品，他于 1951 年出版了他的第二部小说《竖琴草》，同时开始了他的另一条写作之路——剧本。这段时期卡波特出版了两部剧本：《打倒邪恶》和对《螺丝在拧紧》的改编——《天真无邪者》。同时，卡波特的写作风格也逐渐变得缓和，由原来的南方哥特式开始向现实美学转变。亨利·詹姆斯的美学理论对卡波特此时的写作产生了影响，就像梅尔文·J. 弗里德曼指出的，卡波特 1958 年的作品《蒂凡尼的早餐》"可能是卡波特最'詹姆斯式'的作品。叙述者，也是一个故事的参与者——尽管现在更多地被看作是一个旁观者——和詹姆斯早期时的理论'观察

① Truman Capote. The Muses Are Heard, an Account of the Porgy and Bess Visit to Leningrad[M]. New York: Random House, 1956: 236.

哨'相呼应"。① 卡波特这时期受詹姆斯的观察者理论影响较大。就像詹姆斯在《一个女人的肖像》的序中写道："虚构小说的屋子不止一扇窗户，而是有上百万——数不清的窗户。因为个体视野的需要和个体愿望带来的压力，每一道窗户都被穿透，或仍然能被穿透……它们是一些彼此无联系的、高挂在一面墙上的洞。它们不和生活的大门相连，但它们的特点是每一个洞口都有一双眼睛，或者说至少有一副望远镜。这些望远镜或者眼睛一次又一次地形成，像它们这样一些独特的道具，为的是让使用它们观察的人每一次都获得和别人完全不同的印象。"②

在詹姆斯的理论中，构成故事的不是这个故事中发生了什么，而是一个人怎么观察这个故事，这个人的观察构成了故事。比如，在《蒂凡尼的早餐》中，霍莉·戈莱特的角色塑造是靠其他角色对她的印象而非作者的描述完成的。卡波特非常明确地确定了第一个叙述者是一个作家，然后这个作家正在回忆霍莉，接着就有一张国吉(Yunioshi)先生的照片，照片上的非洲部落的面具看起来十分像霍莉。类似例子反映出卡波特当时在尝试以这种美学意义上的观察者位置的角度进行写作。这种观察者的角色甚至也能在卡波特 20 世纪 50 年代写的新闻作品中看到，比如《缪斯们受人倾听》。这种观察者美学可以联系到卡波特对局外人的着迷和他对局外人角色有着敏锐的辨别力，而这正是非虚构写作中的一个要点所在。

2."非虚构小说"理论的形成

在新闻真实与虚构写作的不断尝试中，卡波特开始一种新的写作理论框架——和纯粹想象力创造不同，这是一种基于新闻真实的文学写作。他自己解释道："这种工作基于一种自我从事专业写作以来就

① Melvin J. Friedman. Towards an Aesthetic: Truman Capote's Other Voices [M]//Helen S. Garson. Truman Capote: A study of the Short Fiction. New York: Twayne, 1992: 133.

② Henry James. The Art of the Novel [M]. New York: Charles Scribner & Sons, 1934: 46(Critical Prefaces).

一直酝酿的一套理论……在我看来，新闻性和对事件的报道，结合在一起可以促成一种新的艺术形式：'非虚构小说。'"①

在这段时期，卡波特花时间提高新闻写作技巧和对新闻专业主义的理解，同样也是为了完成自己这个尚未完成的艺术理论的需要。其中一个最重要的技能就是，将他的倾听和复述能力提高到最大限度，正如卡波特自己所言："我开始为了写作这样的书而训练自己的大脑：不带任何录音设备转述对话。我让我的一个朋友念书上的文章，听完后我写下来，看看我写的和原文有多大出入。在这方面我有天生的才能，但经过一年半的每天两小时训练以后，我可以达到百分之九十五的正确率，这差不多达到了我需要的水平。"②

对于一个源于真实世界的写作者，这无疑是最有利于触摸到人性真相的非凡的采访技能。比起摆一个录音笔在你嘴巴旁，纯粹的倾听更能使受访者愿意相信他，并敞开心扉，这也让卡波特能得到很多一般采访者得不到的细节和故事。

20世纪50年代新闻作品《马龙·白兰度》的成功，再次让卡波特确信这项记忆采访技能的价值。卡波特能穿透白兰度的心理防御，写出那些能够表现出白兰度作为一个人同时又是超级巨星的特质。比如他描写白兰度那些在酒店房间及打开的行李箱内外随处乱扔的脏衣服，以及他对自己随从人员的看法："我就是他们的所有，你看到的他们之中的许多人，都不被其他地方所接受。他们有伤，或有些残疾。但我想帮助他们。"他直接进入白兰度的核心部分并紧紧抓住这部分(这部分也让卡波特感同身受)："我在这里的唯一原因，就是我没有放下金钱的道德勇气。"卡波特能捕捉到这种在没有录音笔或者笔记本的环境中才有的气氛，在这种气氛中有时甚至能得到一些"猛

① George Plimpton. Truman Capote: In Which Various Friends, Enemies, Acquaintances, and Detractors Recall His Turbulent Career[M]. New York: Anchor, 1998: 197.

② George Plimpton. Truman Capote: In Which Various Friends, Enemies, Acquaintances, and Detractors Recall His Turbulent Career[M]. New York: Anchor, 1998: 202.

料”：白兰度说自己的母亲是一个酒鬼。在这种采访中，受访者极易将卡波特当成自己的朋友、知己。其结果就是，文章出来之后，白兰度感到卡波特背叛了他，他抱怨这场“无录音”的对话当中，有很多东西他明明不想被揭露出来。卡波特把这些白兰度不期望写进去的细节写进去时，他自己也意识到白兰度可能会对此不高兴：“当我在写这些东西时，我明白这样会使他不高兴，但我也知道这恰是我写的所有内容的关键。”卡波特说：“如果不这样，我之前所做都将没有任何意义。”①卡波特向公众展示了一个最真实的白兰度，而非巨星白兰度。在某种程度上，白兰度成了卡波特写作道路上的受害者，或者说牺牲品。白兰度之后20多年都没有再接受过类似采访。

20世纪50年代结束之际，卡波特已经基本掌握了他所需要的新闻和文学写作技能。“缪斯”和“白兰度”堪称成功演练，但卡波特仍不满足于此。他现在需要一种最合适的题材来证明这种写作所具有的震撼人心的伟大，他需要遇到一个真正的好故事。

3. 充分的新闻真实是创新写作成功的第一步

1959年，卡波特从《纽约时报》上裁剪下来一张纸片，纸片上报道了堪萨斯州一桩谋杀案——一个富农和他的家庭惨遭灭门之灾。这则简短的报道虽然缺乏细节，但卡波特凭他小说家的嗅觉，很快便意识到了这件事情内涵的悲剧意蕴。正如他自己所言：“在读完这则故事以后，它迅速痛击了我，我意识到对这样一个故事的研究，将会给我想写的‘那种书’提供一个非常广阔的发挥余地。更重要的是，对于人心来说，谋杀的故事是不会因为时间的流逝而泛黄的。”②事实上，不会因时间流逝而泛黄的不是谋杀故事，而是他将在故事中呈现出来的那种命运的绝望和悲剧意蕴。

---

① Lawrence Grobel. Truman Capote. Interview, Conversations With Capote [M]. New York: Signet, 1985: 102.

② George Plimpton. Truman Capote: In Which Various Friends, Enemies, Acquaintances, and Detractors Recall His Turbulent Career [M]. New York: Anchor, 1998: 199.

看到新闻后第三天，卡波特抵达惨案发生地堪萨斯州小城霍尔科姆。卡波特在霍尔科姆一待就是大半年，采访当地居民和当地警察，勘察了犯罪现场，寻找其他记者采访未尽的故事，而当地人也花了不少时间去接受这个不速之客。他努力感受着此地彼时的气氛，想象这宗谋杀案正在他眼前上演。当然，他当时也受到好朋友哈勃·李的帮助，后者刚刚完成《杀死一只知更鸟》的写作。卡波特自身无需录音笔的超强记忆力，对他的采访带来了巨大帮助，使他成功走进采访对象的心灵，更容易接近当地人，让采访对象说出录音笔摆在鼻孔下时说不出的话。卡波特和哈勃·李经常和当地人一起共进晚餐、闲聊，在晚餐谈话中加入调查，然后回到酒店写下他们刚刚闲聊得到的内容。玛丽·杜威回忆道："他们俩在采访时没有一个人做任何笔记，但是当他们回到酒店时就分别写下今天的记忆，然后两人彼此对照核实出入。"①

《冷血》共四章。事实上，前三章"谋杀案发生之前、谋杀案发生之后以及审判"在故事出版前早早写好，但卡波特想要一个完整的故事。因此他一直等，直到所有都尘埃落定——行刑当天，他设法亲临现场，目睹佩里和迪克从被套上绳子到被吊死的整个过程。《冷血》最后以两段人生的尽头(绞刑)作为故事的尾声。这种"深度调查而带来的作品的真实性，是《冷血》的显著特征与成功的关键"。② 首先，事实真实，这一桩发生在堪萨斯州的谋杀案，毫无疑问，在现实层面上来说是真实发生的。其次，叙述与事实基本相符，卡波特创作《冷血》先后耗时 6 年之久，累积了超过 6000 多页的采访稿件，采访对象包括警察、当地居民、凶手、凶手的家人等大量人员，比起几百字的新闻报道，卡波特用几十万字尽可能多视角地、最大限度地还原事实

① George Plimpton. Truman Capote: In Which Various Friends, Enemies, Acquaintances, and Detractors Recall His Turbulent Career[M]. New York: Anchor, 1998: 172.

② 孔令云 . 冷血不冷——卡波特及其非虚构写作[J]. 传媒观察，2012(4): 67.

的真相。以至于在审判结束以后，卡波特仍然没有结束他的故事——他不会将嫌疑人被判死刑作为自己故事的结束，最后他花了五年时间来完成他的故事。在这五年里，卡波特扩大了调查范围，他不仅对凶手进行调查采访，还延伸到他们的家庭以及其他一切和这个故事相关的元素。堪萨斯州调查局(KBI)的特工奈指出："他掌握了大量的信息，很多甚至我们都没有。但说真的，我真的对佩里和迪克穿越佛罗里达的整个旅程不关心，然而在《冷血》里这占了很大一部分。"①卡波特做的不仅如此，他还采访其他被定罪的杀人犯，请教专家，阅读数不胜数的有关谋杀的书籍和文章，这些让他成为他自己这个故事的专家。卡波特所做的一切，就是做到叙述与事实基本相符，而这一切仅仅是为他的叙事能打好一个坚实的舞台。

不仅如此，卡波特还运用新闻写作的手法进行了多视角写作。如第一章中对克拉克一家的回忆，通过当地居民的话语重新构建。卡波特在此作中成为内隐形叙述者，即缺席的叙述者。"在《冷血》中，卡波特通过有机地编织其叙事体，通过各种素材的艺术综合，包括采访笔录、官方文件、新闻、报道等，来证实自己的权威。"②此时，卡波特可以说颠覆了自己曾经对詹姆斯式小说美学的皈依——他从多个而非单一的窗口来对"这间屋子"进行观察，这种多视角的写作正是文学新闻写作的特点。如此一来，使得《冷血》这间"文学屋子"以一种更加立体的形式得到呈现。接下来，一个写故事的天才就要诞生了。

三、《冷血》在两种真实里呈现悲剧性的"意识形态特质"

"艺术真实"从古希腊时期就分化出客观真实和主观真实两个源头，前者以亚里士多德的"摹仿论"为代表，后者则以苏格拉底的"神

① George Plimpton. Truman Capote: In Which Various Friends, Enemies, Acquaintances, and Detractors Recall His Turbulent Career[M]. New York: Anchor, 1998: 197.

② 司建国. 美国非虚构小说与现实主义小说叙事语法对比分析[J]. 天津外国语学院学报, 2013, 11(1): 63.

似论”为代表。客观真实论认为艺术是以自然为参照，艺术模仿的不应该是人的性格和思想而是行动。这种模仿不是对事物的复制或镜像反映，而是对现实的一种复杂的中介处理。主观真实论则是追求精神和情感的真实，认为对现实的模仿不足为道，个体的感受才最重要的。纵观文学发展，“艺术真实”的内涵不断变化，总体上呈现出由客观真实转向主观真实、从经验真实走向心理真实的过程。

主观上的艺术真实需要作者极其敏锐的感受力和观察力。《冷血》最初发表于1965年的《纽约客》杂志，1966年出版成书，两者都获得了极大的成功，一时名声大噪。一片褒扬之中，也有批评之音。如有批评指出，卡波特与凶手实在是太亲近了，在此基础上很难做到客观公正，这样的后果是卡波特极易对凶手产生同情以及一些其他感情；记录者或者采访者应与受访者或“事实”保持一定距离，等等。显然，这正是卡波特在新闻写作能力上的优势与能力。卡波特对马龙·白兰度的报道就展现出他对人性惊人的洞察力，这样的天才不应该成为他受诟病的地方，这种超乎常人的洞察力帮助他在平庸的新闻报道中脱颖而出。

然而这种洞察力只是工具，它能帮助作者发现并判断自身产生情感能否与被采访对象产生共鸣。决定一部文学作品是否有情感真实价值的因素来源于共鸣，作者通过对该主题或他所想要表达的情感产生的强烈共鸣，从而有在作品中创造情感价值。正是由于卡波特和佩里人生经历的大面积重叠，导致他对佩里有着一种超越常人的同情和理解，这种无法比拟的情感共鸣使得《冷血》在艺术上达到了巅峰。从主观真实，即情感真实上抵达了艺术真实的彼岸。也就是说，卡波特的童年带来的精神创伤以及他后来对自己有意无意的艺术训练，使之在英伽登所谓的“意识主体”(自身情感体验)和“意识客体”(真实故事)之间建立起最符合艺术逻辑的“意向方式”。所谓最符合艺术逻辑就是读者在他的故事中理解并同情了佩里，理解了克拉克一家的悲剧不是因为单纯的仇恨，而是某种命运难以摆脱的绝望。凶手最终被抓获，“然而当凶手们在身穿蓝色制服的公路巡警的护送下出现时，人群却寂然无声，仿佛在为凶手竟然也长着人的样子而感到惊愕。两个戴着手铐的犯人，脸色苍白，在闪光灯的不断闪烁中，几乎睁不开眼睛”。① 尤其是瘦弱、短腿，像个没发育好的孩子一样的佩里。这里会不禁让读者想起阿伦特所谓“平庸的恶”。如果艾希曼之流所谓平庸的恶是纳粹第三帝国的集权体制造成，那么，佩里之类的恶又是谁造成的？如果他们都是被家庭、社会毁掉的孩子，那么家庭为什么陷入绝望，社会又为什么没有了希望？卡波特采访、创作《冷血》长达6年之久，这6年耗的不是时间而是他的全部——卡波特因为在《冷血》中的情感共鸣过于强烈，以至于自己的心灵受到重创："没有人知道《冷血》曾带走了我的什么……它几乎杀死了我，在某种意义上，我觉得，它的确杀死了我……”②卡波特之后再也无法写出其他作品，最后因过量的酒精和药物无以自救。

四、结语

非虚构写作的首要基点是直面客观世界真相。这个世界真相甚至是所谓新闻专业主义都无法或无力触碰到的。文学新闻的出现就是因为在20世纪初开始，有越来越多的新闻工作者觉得，所谓绝对的客观主义新闻不仅不存在，而且根本无法呈现事件的真相。那么世界真相在哪里？真相在过程，在细节，在所谓的消息、通讯等新闻写作形式无法呈现的环境、氛围及原因中。新新闻主义写作把这个理论推向实践的高潮。卡波特的《冷血》则为此类写作树立了标杆，成为非虚构写作理论的最佳实践例证。它的成功表明：波诡云谲、变幻莫测的世界从来就不缺好故事(意识客体)，我们最缺少的“意向方式”，即，写作者如何在自己与故事之间建立最符合艺术逻辑的“意向方式”。这个“意向方式”既有情感方面的，也有技巧方面的，似乎缺一不可。每年出版的纪实作品数以千计，但真正能达到主、客体的良好沟通其

① [美]杜鲁门·卡波特．冷血[M]．夏杪，译．海口：南海出版公司，2013：261.

② Gerald Clarke. Capote：A Biography [M]. New York：Simon & Schuster Paperbacks，2010：398.

实很少，能寻找到很好的意向方式的更是少之又少。至于能实现艺术真实，显现出“形而上学特质”——“这些时不时显示的‘形而上学’特质——因为我要这么称呼——乃是我们的生命中有‘体验’价值的东西……形而上学特质的显示构成了我们的生命的顶点，同时也是我们的生命和所有一切存在的东西中最深邃的东西。”①能实现这一美学目标的作品，可以说还没有出现。

一则堪称典型煽情新闻的小城灭门凶案，在杜鲁门·卡波特的笔下成为一件“严肃的艺术作品”，成为20世纪人类人文阅读目录里的经典，其秘密就在于卡波特实现了两种真实——新闻真实与艺术真实的完美结合，并且在这完美里呈现出审美至高境界的悲剧性的“形而上学特质”。

《冷血》不仅是“深度报道”，更是有“意蕴”的艺术。

参考文献

[1][美]杜鲁门·卡波特．冷血[M]．夏杪，译．海口：南海出版公司，2013.

[2][美]杜鲁门·卡波特．蒂凡尼的早餐[M]．董乐山，朱子仪，译．海口：南海出版社公司，2015.

[3][波]罗曼·英伽登．论文学作品[M]．张振辉，译．开封：河南大学出版社，2008.

[4]司建国．美国非虚构小说与现实主义小说叙事语法对比分析[J]．天津外国语学院学报，2013，11(1).

[5]刘福芹．创伤再临：杜鲁门·卡波特的《冷血》创作[D]．重庆：重庆大学外国语学院，2014.

[6]张辉，韩巍．杜鲁门·卡波特与非虚构小说——以冷血为例[J]．经济研究导刊，2010，88(14).

① [波]罗曼·英伽登．论文学作品[M]．张振辉，译．开封：河南大学出版社，2008：284.

[7]孔令云．冷血不冷——卡波特及其非虚构写作[J]．传媒观察，2012(4)．
[8]徐扶明．牡丹亭研究资料考释[M]．上海：上海古籍出版社，1987.
[9]Truman Capote. In Cold Blood[M]. New York: Vintage, 1993.
[10] Truman Capote. Other Voices, Other Rooms [M]. New York: Signet, 1948.
[11]Truman Capote. Interview, Conversations With Capote, By Lawrence Grobel[M]. New York: Signet, 1985.
[12]Truman Capote. The Muses Are Heard, an Account of the Porgy and Bess Visit to Leningrad[M]. New York: Random House, 1956.
[13]Helen S. Garson. Truman Capote[M]. New York: Frederick Unger Publishing, 1980.
[14] Henry James. The Art of the Novel: Critical Prefaces [M]. New York: Charles Scribner & Sons, 1934.
[15] George Plimpton. Truman Capote: In Which Various Friends, Enemies, Acquaintances, and Detractors Recall His Turbulent Career[M]. New York: Anchor, 1998.
[16] Gerald Clarke. Capote: A Biography [M]. New York: Simon & Schuster Paperbacks, 2010.
[17]Garrett George. Then and Now: In Cold Blood Revisited[J]. The Virginia Quarterly Review, 1996, 72(1).
[18] John J. McAleer. An American Tragedy and In Cold Blood [J]. Thought: Fordham University Quarterly, 1972.
[19] Melvin J. Friedman. Towards an Aesthetic: Truman Capote's Other Voices[M]//Truman Capote: A Study of the Short Fiction, Ed. Helen S. Garson, Boston: Twayne, 1992.
[20]Reed T. Kenneth. Truman Capote[M]. Boston: Twayne, 1981.

“文”·文学·非虚构与文化

——“非虚构写作”以文化承载力抵达“现实”

无论是虚构还是非虚构写作，文本最终都要落实在作者或读者与现实世界的联系上，因为人不可能生活在一个虚拟的世界。自从有了“非虚构写作”这种说法，非虚构写作似乎就一直是虚构写作者以及研究者眼里的边角料。在西方，将虚构看做文学艺术的内在规定性由来已久。但在中国关于“文”的传统中，这其中的界限其实并不存在。“为诗为文”可以理解为除了写有韵律的诗歌之外，所有写下来的文字都可以成为“文”。不难想见，“文”包含了何其广泛的写作文体。按照当下对于非虚构的概念界定，中国古代所谓“文”中所包含的传记、笔记、野史、地理志(如《徐霞客游记》之类)等都可以看做“非虚构”写作。由此可见，中国文学有古老的非虚构传统。先秦以来大量承载着深厚文化意义的非虚构作品，都被纳入“文”范畴，可以说，“文”是一个蕴含着独具民族特色的文学观念。

那么，是什么致使中国传统中的“文”的概念窄化成“文学”的呢？和许多具有相当民族文化特质性的概念消逝或改变一样，来自所谓先进的西方。史达尔夫人是法国18世纪末19世纪初著名的女作家和文学批评家，她写小说、悲剧、散文等，在当时的法国文坛，可跻身于包括司汤达、雨果等在内的一流文学艺术家队伍，是浪漫主义艺术思潮的代表人物。她为抵制当时空洞、虚假却又在形式上矫揉造作的贵族文学作出了贡献，有力地推动了浪漫主义运动的发展。她在其代表作《论文学》《德意志论》中，一方面抨击虚伪的贵族文学和束缚个性创作的古典主义法则，另一方面建立并传播浪漫主义文学观念及理论体系。其中，对后来影响最大的就是她将虚构和想象看做文学的标志，从而将文学与法律、习俗等区别开来，赋予文学以现代意义。之后，俄国形式主义、英美新批评、法国结构主义等作了进一步的阐述，虚构被看做文学的核心性质，在世界范围内广泛建构起理解文学最基本的认识框架。自此，“文学即虚构”的理论逐渐盛行于世。清末民初，西方“文学即虚构”纯文学观念进入中国，中国文化传统中“文”的概念开始出现断裂，将“为文”窄化为“为文学”，将文学的帽子裁定在诗歌、小说、戏剧这几种以虚构为本质的艺术形式上。这直接导致后来的研究中，对在中国文化遗产中占量庞大的非“虚构”文本的忽视。

但多数民族的文学发展史表明，非虚构写作是该民族古已有之且至今绵延不断、在某些民族文学中甚至占重要地位的、是其他任何所谓“虚构”写作都不能代替的写作方式。20世纪后半叶，非虚构写作在欧美兴起之后发展迅猛。而在中国，这个写作脉络就从未中断过。从司马迁的伟大之作《史记》一直到近代一系列的进步知识分子的笔记、游记，如梁启超的《欧陆游记》，以及20世纪30年代进步记者们写的关于当时中国的纪实文学或文学性的新闻报道，都是尚未被理论研究重视实则重要而优秀的非虚构文本。自新时期以来，报告文学、传记文学、日记体、回忆录、新现实主义小说、历史小说等非虚构文学异军突起，特别是《人民文学》《收获》《十月》《当代》等文学期刊大力倡导，非虚构写作成为文坛亮丽的风景。尤其值得重视的是互联网平台，使众多专业作家或非专业作家、专业记者或自媒体记者，一起进入这一领域。虽然文本中讲故事的叙事水平有高下之别，但都至少说明非虚构写作对于时代需求的意义，应该受到文学批评和理论研究界高度关注。

“文”被窄化成了“文学”，但属于广义之“文”的非虚构写作却成就蔚然大观，原因何在？答案无疑是时代需要。每当时代越是跌宕起伏，社会转型越是急速冲突，就越易出现人们难以很快理解的新鲜事物。此时，非虚构写作就成为虚构的文学之外、新闻信息之外，人们试图用故事理解世界的方式，而这个方式中的具体内容就是将其基于真实的故事置于当时当地广博的、深刻的文化背景中。好的非虚构故事展示给读者的，如同一款隽永的时代画轴，在时代文化的背景中一点点揭秘世界的真实面目。这就是非虚构的文化力量。研究中美优秀的文学性新闻作品以及非虚构优秀文本，会发现凡是优秀的故事叙事，没有一个不是建立在一种值得深思的文化背景下，或者文本无不呈现出深刻的文化含义的。

杜鲁门·卡波特的《冷血》及诺曼·梅勒的《刽子手之歌》分别首版于 1966 年和 1979 年，是两个杰出的非虚构故事，也是当之无愧的美国非虚构文学的经典之作。从故事情节看，似乎有相似之处，几个冷血杀手，先后残忍杀害另外几个素昧平生的无辜者。大凡一个认真读者，就可能想从书里找出杀人者与被杀者之间到底有什么个人的爱恨情仇、恩怨血债之类的情节；但事实上，他们却根本不认识。那么，到底该如何理解无动机杀人？如果说是没有动机，但整个杀人计划实施得步步推进，毫不突兀，直至举枪的那一刻；但如果说是定有“动机”，那动机是什么？又是怎么来的？更难以理解的是，当《刽子手之歌》的主角加里·吉尔摩杀人被判死刑之时，美国已有十年没有执行过死刑了。一般来说，他最终也不过终身监禁而已。就是说，他完全可以不死。但是，出乎所有人意料的是，吉尔摩却不愿被判终身监禁，而是想死。随后，他费尽心思与当局争取他去死的权利，无论是律师还是教会组织等，任各界什么人道主义的说法，吉尔摩只求一死。他的貌似背离常识的选择使之成为举世名人，也使他的枪决成为当时引人注目的媒体事件。之所以说这两个故事写得好，原因就在于故事写出了无动机杀人者的动机，也回答了吉尔摩不求生、只求死的选择。这也正是这两本书的价值所在，即非虚构故事的文化力量。从文化的角度，读者可以理解，杀谁不是关键，关键是他们必定会杀人。可以理解，类似像吉尔摩或佩里与迪克这样的人，其实早已经历够了对生活的种种绝望。这就是作者呈现出来的世界真相。

1977 年 1 月 17 日，犹他州普罗沃市一个叫加里·吉尔摩的家伙，因无辜射杀加油站服务员和汽车旅馆经理而被判处死刑，执行枪决。这是十年来美国执行的第一次枪决。两天之后，电影制作人拉里·希勒邀请诺曼·梅勒来写一部关于吉尔摩事件的作品，资料来源于拉里·希勒在吉尔摩执行死刑之前三个月内搜集的大约 9000 页的材料。然后梅勒亲自去俄勒冈州、俄亥俄州、伊利诺伊州等州，从吉尔摩的情人尼科尔、亲戚、朋友、他的雇主、受害者、警察等一系列他所接触过的人那里获取了大量的第一手资料，积累了大约有1.6万页的采访笔记，并在此基础上完成了《刽子手之歌》。

小说的主人公加里·吉尔摩是一个长期坐牢的犯罪人员。1976年4月他在亲戚布伦达保释下出狱，来到犹他州的普罗沃市。但长期的监狱生活使他劣性难改，由偷啤酒发展到偷枪支，并且不能和周围的人和睦相处。后来他和尼科尔在朋友家偶然相识，一开始他们的生活还算愉快。但其本性难移，随着时间的推移，吉尔摩恶劣习惯越来越令尼科尔不堪忍受，终于尼科尔弃他而去。失去尼科尔的痛苦和寻找尼科尔的无望使他丧失理智，枪杀了与他素昧平生的加油站服务员和汽车旅馆经理。吉尔摩被捕后对所犯罪行供认不讳，法庭判处他死刑。但美国已经有多年未处决过犯人，犹他州自1963年以来未曾执行过死刑。加里如果依法上诉或许可免去一死，可他却坚决要求法院将他处死。于是，吉尔摩顿时成了当时的新闻人物，各大新闻媒体蜂拥而至，争夺第一手的新闻。

《冷血》是美国新新闻主义代表作家、新新闻主义流派的开山祖师杜鲁门·卡波特的一部力作。《冷血》描述了发生在美国堪萨斯城的一个真实故事：两名刚出狱的年轻人用极其残忍的手段杀害了一个富裕家庭的四口人。《冷血》取得了空前的成功，出版两周后即跃登美国畅销书第一位，先后被翻译成25种语言，给卡波特本人在文学界也带来了极高的声誉。

杜鲁门·卡波特在《冷血》中用大量笔墨刻画了冷血杀手佩里·史密斯的扭曲心理和性格。佩里，一个刚刑满释放不久的罪犯，与受害者克拉克一家素不相识，行凶前对死者们也并无恶感，而且在凶杀现场发现死者只丢失了不到50美元，死者的女儿也没有遭到凌辱。佩里与受害者一家素不相识，行凶不是为钱，也不是为性，可以说这是一场无动机的犯罪。

佩里具有与吉尔摩相似的人物性格结构。第一，压抑的自我。佩里和吉尔摩都有着对情感的渴望，而这份情感上的空虚却难以填补。

对佩里来说，从小希望得到母亲的关爱，然而母亲的自暴自弃却使佩里感到厌恶，于是将这份对亲情的渴望寄托到父亲身上。虽然有时候两人相处得还不错，但两人也从未停止过争吵，父亲甚至数次将佩里赶出家门。佩里的一生之中对于亲情的追求总是得不到回应，甚至亲人的冷漠带给他巨大的伤害，这份强烈的感情一直压抑在他心中，逐渐地转变为愤怒，佩里将这种愤怒发泄到周围人的身上。而对于友情，虽然佩里总是独自一个人，但他同样渴望有人能够理解自己。他渴望理解和陪伴，却很难对人敞开心扉，当他向别人袒露心扉的时候，他又担心受到误解甚至背叛。因为佩里非常敏感，他总是怀疑、不信任任何人，总觉得别人在歧视他、亏待他，也不能理解他，所以与他关系亲密的人少之又少。另外，佩里很有艺术天赋，学什么都很快，虽然他没上过几年学，但他热爱读书，并写得一手漂亮的字体。但是由于种种原因，他的这些才能一直很少得到认可。先是父亲对这方面有点漠不关心，后是在与迪克逃亡的期间，迪克总是嫌那把吉他碍事，佩里对于艺术的欲望总是得不到满足。佩里对于艺术的追求一方面是源于对艺术真正的热爱，另一方面是他渴望获得他人的尊重，他希望能够通过别人和整个社会对他才能的认可而获得更高的社会地位和自我满足感。

而在《刽子手之歌》中，不可否认，吉尔摩毫不怜悯地杀害了素昧平生的加油站管理员和汽车旅馆经理，但吉尔摩也并不是一个十恶不赦的家伙，他偶尔也流露出善良的一面。在复活节和布伦达一家过周末时，他逗孩子的场景其乐融融，他还帮助弗思修理车道。可以说，他本性中有着善良、温暖的一面，只是他缺少机会来表露，他生存的环境阻碍了他这种情感的表达。正如他自己说："我一直处在谎言与敌意、欺骗与卑鄙、邪恶与仇恨的氛围之中，它们是我栖身之地，它们造就了我这个坏蛋，我眼中的世界充斥着怀疑、恐惧、仇恨、欺骗、嘲弄、自私和虚荣，所有的人认为无法接受的东西我都当作合情合理的东西不加改变的全部接受下来了。"①吉尔摩一直在寻找

① [美]诺曼·梅勒:《刽子手之歌》，邹慧玲，司耀，杨华，译. 广州：春风文艺出版社，1988：278.

内心深处的灵魂归宿，然而在这样的生存状况下，心灵的归宿仅仅是一个梦想，他生存的处境给他恶的本性提供了滋生的土壤。他意识到自己的邪恶要多于善良，魔鬼常常占上风。对于这一点，吉尔摩有着明确的认识："我的邪恶比你的或他的，或者比许多人都多。"

第二，不健全的人格。佩里缺少辨别善恶的能力。佩里的童年大部分时间无人看管，也没有人引领他正确认知社会准则和社会道德，所以在成长过程中，佩里并没有形成健全的人格来规范自己的行为，也没有形成辨别善恶是非的能力；更不用说有"良心"这种东西的存在，能时刻用内疚感和负罪感惩罚纠正他的错误行为了。少年时期是世界观、道德信仰和价值定向体系逐步形成的时期，可是佩里在这个时期是无人照顾，任其发展的。在他的成长轨迹中，并没有人给予他正确的人生引导，使得他的人格发展在畸形的道路上。

20 世纪 50 年代，保守势力在美国社会占据着绝对的优势地位，与主流文化格格不入的美国知识界无法履行自己的政治和社会使命，只得转而奉行放纵自我、追逐肉欲的嬉皮生活方式，以此作为对主流文化所倡导的循规蹈矩的行为准则的无声反抗。当美国社会进入动荡的 60 年代之后，面对种种反传统反文化倾向的猛烈冲击，主流文化再也无力抵挡，便转而对非主流文化采取放任自流的态度。这一点就导致了美国教育界乃至全社会在六七十年代把所谓"自我决定论"奉为圣经。这种理论主张不需要向青少年灌输任何一种道德价值观念，应当让他们凭借自己的直觉去决定善与恶、对与错，去选择自己的人生行为方式。这种现象就在由于失去价值导向而道德伦理观念淡漠的年轻一代中得到了广泛的认同。于是在主流文化和非主流文化的共同作用下，这一代人摒弃了最基本的道德行为规范，沉迷于低劣的嬉皮生活之中，他们吸毒、酗酒、性滥交，甚至也对偷窃、抢劫、强奸、杀人等犯罪活动无动于衷，甚至还把这些行为引以为荣耀(这些场景从盖伊·特立斯所著《邻人之妻》一书中可见一斑)。吉尔摩实际上是这一代人中的典型。他生长在一种"疯狂的、下流的、喧嚣的、浸透毒品的、恐怖的、色欲横流的"反文化氛围之中，既没有道义感，也没有责任心，一切行为以自我感觉为准绳。从书里吉尔摩对自己人生经历的炫耀以及其家人与亲友的回忆中我们得知，他从少年时代起便追求嬉皮生活方式："……留着个鸭尾头，抽烟，喝酒，注射海洛因，吸大麻，服可卡因，打架斗殴，追逐调戏漂亮小姐，偷窃，抢劫，赌博……"①14岁那年，为了能够加入当时在社会上胡作非为的"百老汇强盗帮"，他偷枪、偷汽车，结果被抓进少管所。可是少管所里并没有人管教他，相反，他从一伙在里面称王称霸的嬉皮士那儿沾染了更多的恶习。此后，他又曾数次因犯罪而入狱，断断续续坐了12年牢。在监狱这个充斥着"谎言与敌意、欺骗与卑鄙、邪恶与仇恨"的世界里，他渐渐变得欺诈成性、心狠手辣了，用他母亲的话说："他进去的时候只是个坏孩子，出来时却变成了一个冷酷的年轻人。"②吉尔摩是他所处的那个时代非主流文化的一个代表人物，但他所代表的是没有道德约束、没有是非观念的一代人，是为了一己私欲不惜牺牲他人的一代人，是盲目崇拜暴力犯罪的一代人；他的所作所为真实反映出当时美国社会卑劣、丑恶的一面，是当时美国社会道德观念沦丧的产物。

犯罪动机是激励人行动以达到一定犯罪目的的内部原动力，动机的产生与社会环境以及人的需要有关。无意识的动机是指行为人没有清楚地、自觉地意识到的推动其进行犯罪活动的动机。对于佩里和吉尔摩来说，其"冷血"性格都是社会的"冷血"造成的。

佩里自己并没有主动参与过杀人劫财计划的设计，一切都是迪克计划的，其实他本身对迪克的建议并不感兴趣，但是迪克建议他去堪萨斯州的日子正好和他的好朋友威利·杰伊出狱前后相差不多，所以他决定去会一会朋友。但是两人却命运般地错开了，失望和愤怒使佩里决定参与迪克的计划。佩里的父亲一直强调佩里绝不是一个主动找麻烦的人，他每次犯案都是有同伙，而且基本都是由同伙计划安排，

① [美]诺曼·梅勒：《刽子手之歌》，邹慧玲，司耀，杨华，译. 广州：春风文艺出版社，1988：747.

② [美]诺曼·梅勒：《刽子手之歌》，邹慧玲，司耀，杨华，译. 广州：春风文艺出版社，1988：749.

也许佩里骨子里真的不是一个坏人，但是却总被命运捉弄。这起凶杀案，可以说是一起心理学事件，是完全与私人恩怨无关的犯罪。钱是动机，可是最终却也只拿走了四五十美元。佩里最初根本没有打算杀人，当他行凶的时候，他并没有清楚地意识到自己的所作所为。当时的他已经分不清现实与幻想，他把素不相识的克拉特先生同过去伤害他的人混为一体，复仇的想法占据了上风，于是他残忍地将一家四口全部杀掉。在与唐·卡利范的谈话中，佩里提道："我之所以杀了他们，不是因为克拉特家做过什么。他们从未伤害过我。不像其他人。我这一辈子受尽了别人的欺负，也许仅仅是因为克拉特家命中注定要替别人还这笔债。"①最终，佩里通过这种方式宣泄了自己一生的不满和愤怒。

吉尔摩对主流文化的反其道而行之，对纯粹自我的追求不仅表现在他对种种传统行为准则的不屑一顾、肆意践踏上，而且更集中地体现在他对以摩门教为代表的犹他保守社会的蔑视与反抗上。当吉尔摩的母亲因无力交税即将失去房产时，摩门教会不但没有理睬她的求救，反而趁火打劫，压价收购了她的房产，使得她晚年只能在破旧的活动房中度过。这件事在吉尔摩的心灵深处埋下了仇恨的种子。当他假释出狱，来到普罗沃这个摩门教的大本营之后，严苛的摩门教义更加激起了他的敌意与怨恨。他专去涉足"那些被正人君子们不假思索地指责为违法、邪恶、畸形、病态、自我毁灭或堕落的精神荒野"，因而与严守教规的摩门教徒屡屡发生冲突。这种冲突逐渐升级，直至两位摩门教徒成为无辜的受害者。摩门教徒及其信仰代表着犹他这个秩序井然、恪守传统的保守社会。吉尔摩出狱来到这个地方后，发现自己再次置身于一种牢狱般的氛围之中，摩门教那些束缚自由的教义仿佛就是这儿的狱规，而摩门教徒则好像成了时刻严密看管着他的狱卒。这种处境既使他感到窒息，更使他生出越来越压抑不住的反抗欲。在一定程度上，是这种反抗欲最终导致两个与他毫不相干的摩门

① [美]杜鲁门·卡波特. 冷血[M]. 夏杪，译. 海口：海南出版公司，2013：305-306.

教徒惨死在他的枪口之下。所以，尽管吉尔摩从未正面表达自己对摩门教的态度，也未明确解释自己的谋杀动机，但我们可以把他的两次谋杀视作他个人对作为主流文化象征的摩门教的盲目反抗，视作一种挣脱社会的约束、努力实现自我的极端行为。

一般来说，新闻具有如下特性：公开性、真实性、针对性、时效性、准确性、显著性、接近性、开放性、广泛性以及变动性等。非虚构故事的新闻本质就在于，在准确的时间和地点上，确实有这么一回事。至于"这回事"是不是你想象的那样，是不是人们说的那样，是不是法官判的那样，真相就在于故事的讲述过程；在于故事讲述者对这件事的理解、用心和用情，更在于作为读者的你是否对故事里呈现的世界真相有共鸣。两本书里的三个冷血杀手，看似是性格使然，然而，他们为什么会形成那样的性格，是什么毁了他们的成长(尤其是原本善良怯懦的、极赋艺术天才的佩里)，是什么样的后天环境，导致他们最终走上没有回头的杀人之路？读者不难在其中看到社会环境以及文化的原因。从杀手们的成长环境，以及几乎惨遭无辜灭门的克拉克先生一家，这两个故事最有价值的地方都在于呈现了当时美国最普通小镇人们的生活风俗画卷，人们通过他们的各自的生活处境了解社会，理解杀手们如何在无数次对生活和命运的绝望中，将杀人变成为一种各自难以避免的宿命式的灾难。

20世纪六七十年代的美国，经过经济萧条和不断卷入战争的创伤和经历，年轻一代普遍对原有的价值体系产生深深的怀疑，继而在各个文化领域开始一系列的颠覆性革命。披头士的音乐、迪斯科的出现，嬉皮士的生活方式，马丁·路德·金领导黑人争取平等，妇女解放随带整个社会性观念的变化，这些剧烈的社会变化反映在一系列的艺术作品中。比如：1951年，作家杰罗姆·大卫·塞林格在美国出版了《麦田里的守望者》，其中作者以自己的少年生活为原型，虚构了一个叛逆少年霍尔顿·考尔菲德的形象。这个形象之所以至今仍有如此巨大的影响力，说明当时的社会文化已经对原有的世界秩序和价值观感到厌倦和绝望，愤世嫉俗，渴望各方面变革已经成为看似依然如故的社会的表面下的暗流涌动。但诸多的文艺作品其实都不如这些非虚构的或文学性的纪实作品来得更全面和深刻。如果大概以出版时间为序，1955年，黑人作家詹姆斯·鲍德温(James Baldwin)写出《土生子札记》(*Notes of a Native Son*)，收录了作者在20世纪四五十年代发表在多本杂志上的文章，展现了作者在民权运动开端时期对种族问题、黑人处境的思考。作为艺术家、活动家和社会批评家，作者将触角深入美国黑人所面临的复杂处境，深入剖析了黑人生活的各个面向。

著名作家诺曼·梅勒(Norman Mailer)出版于1968年的新新闻主义经典之作《夜幕下的大军》，真实地报道了1967年10月一支浩大的反战、反征兵游行大军向五角大楼进军这一历史事件，成为了解那个时代美国政治氛围的必读之作。“二战”后的世界格局进入资本主义与共产主义两大阵营的对立和冷战时期。战争整整持续20年之久，给所有卷入战争的亚太地区人民和美国本土都带来巨大的战争创伤。在美国国内，战争不仅带来巨大的参战人员的伤亡，而且带来经济困境和整个社会思想、心理及价值观的混乱。有人说直至整个70年代，全美经济进入长期停滞的阶段，而越战是导致美国六七十年代的经济困境的重要因素。到底是停战还是扩大战争，美国国内从政界到经济、文化及平民阶层，各有看法、各执其词。梅勒在遍布全国的思想、伦理危机中看到最可怕的现实：人完全成为工具性的存在，失去了作为人性根本的道德情感，导致自身异化。游行者则不满于美国的极权主义社会状态，希望发出自己的声音，去影响美国政府的战争决策，从而最终改变社会的不合理性。游行者充满个性的方式，不仅仅针对战争，还带有深刻的社会批判和文化反叛性质。人们道德觉醒后的共识就是认识到这场战争的罪恶，美军屠杀无辜越南民众的事实证明五角大楼发动战争的理由是欺骗性的。游行者的反战示威是对美国社会存在的伦理危机的直接反应，在他们的游行背后存在着深刻的伦理取向。主人公“梅勒”这一形象完全是对20世纪60年代美国时代特性的真实写照和隐喻：一个反叛的、混乱的、矛盾的、阶层分裂、理智丧失的时代，一个混合着激进主义、存在主义、和平主义、无政府主义的时代，一个充溢着典型的嬉皮士精神的时代，这就是“梅勒”形象的启示。可以说，至今没有一本书能像《夜幕下的大军》那样，以一个游行为故事线索，全面再现20世纪六七十年代战争时期的美国社会。

今天，女作家琼·迪迪恩(Joan Didion)已然被列入美国文化的经典神龛，尤其在西海岸。这位成长于加州萨克拉门托的女作家之所以享有如此盛誉，不仅是因为她的小说创作，更重要的是她作为一名文学型新闻记者的角色对社会的贡献。1968年，琼·迪迪恩出版《向伯利恒跋涉》(*Slouching Towards Bethlehem*)，一举奠定其在美国文学和新新闻上的重要地位。在这本书中以及其他一些故事的写作中，她以20世纪六七十年代的旧金山、洛杉矶等城市为背景，笔下人物既有为钱杀妻的律师，也有沦落为杀人犯的家庭主妇；既有盲目追随摇滚乐队的小姑娘，也有吸毒上瘾的青少年。自然流畅的叙事风格，简洁、生动、富有表达力的语言，于不动声色的细腻、温婉中，深藏对当下世界的深刻忧患：她的故事人物生活在如此矛盾甚至恐怖的选择冲突之中，表面的祥和之下隐藏的是随时都可能爆发的不安。无论是美国梦还是加州的黄金梦，这边是梦碎无声，那边却仍是迷途不知返的前赴后继。传统的美德、价值观和生活方式在现实的残酷中难以为继，到处是断裂和摇摇欲坠的人生。后来的研究者在其写作中发现了所谓的无中心社会的后现代主义以及女权主义等。其实，对于迪迪恩来说，她不过是一个出色的文学性新闻写作者而已，其写作之所以被给予甚高评价，不过是因为她将这种文体的优势发挥到了极致。

同样，将这种文体在再现时代文化内涵方面的优势发挥得最好的还有杜鲁门·卡波特的《冷血》、诺曼·梅勒的《刽子手之歌》以及美国非虚构写作的另一位大师盖伊·特立斯的《邻人之妻》。前面两个杰出的非虚构故事，其文化含义在前文中已有详细阐述，这里值得论说的是盖伊·特立斯。

美国作家凯蒂·洛菲在《邻人之妻》前言中说，这本书是"当之无愧的文化史书"。2018年，《邻人之妻》在中国首次出版。这本1981年首版于美国的非虚构作品貌似情色之作，实为特立斯多年呕心沥血的严肃写作。20世纪60年代不断膨胀的色情消费主义、中产阶级静悄悄的性革命，使得他敏锐地意识到，随着战后美国传统社会结构的变革，“垮掉的一代”和“嬉皮士”对主流价值观的挑战，性具有了革命性的反叛意味。清教传统和对性的迷恋之间的矛盾，构成了美国人生活中的内在困境。年轻人高喊：“要做爱，不要作战！”群居式婚姻、公众场合裸体都成为年轻人表达自我和个性的方式。《花花公子》之类的情色杂志和影视大行其道。对写作者来说，这是张力十足的好题材，大大激发了特立斯的创作冲动。特立斯于1973年开始有此写作计划，为此，他也正如诸多西方优秀的富有实践和献身精神的人文学学者（比如法国后现代哲学家米歇尔·福轲）一样，走入了纽约住所附近的一家妓院，作为一个真正的性消费者，开启并献身于象征美国性开放和中产阶级色情消费主义盛行的性爱组织之旅……

1981年《邻人之妻》出版，以其对当时社会诸多标新立异性行为的写实描写而震惊了美国社会。这本书从美国20世纪50年代写到70年代，既有花花公子休·海夫纳的宅邸，也有最高法院和最奢华靡费的色情场所，详尽地描绘出近几十年来，那许多重新定义了美国伦理道德的人和事件。虽然作者本人身在其中，但多年练就的职业化的新闻勇气和精湛的叙事技艺，使这些情色故事读来并不感到轻佻与猥琐，取而代之是一种社会现实的震撼。它向我们展示了一个建立在新道德基础上的新世界，那些对抗淫秽色情的法律努力，以及普通人性心理和性观念的冲突。《邻人之妻》确实堪称特立斯一生中最重要的写作之一，这本书彻底改变了美国人看待自身的方式。

“尽管自上世纪80年代该书首次出版已经38年过去，当年所展现的各种标新立异对今天的美国不再新鲜，但对今天的中国来说，它讲述的人与事，依然会让中国读者感到眼界大开与震惊。”①在任何一种社会状态中，“性”的本质都不是纯粹私人的问题；是尽情探索性的快乐还是把它框定在一定的价值、伦理和道德范畴，乃是一个与社会整体变革息息相关的大问题。从这个角度来看，“性”又是公共的。在极致真实的基础上，依靠深刻观察得来的极具代入感的细节，特立

① 曾英．“永远69岁”——《邻人之妻》的追求[N]．文汇读书周报，2018-09-21.

斯捕捉到了人际关系中微妙的心理冲突、清教传统对美国人生活的影响，以及诱人冒险的、崭新的自由形式。我们如何看待“邻人之妻”，不仅意味着如何理解身体的生物功能及社会色彩，也意味着如何看待人与万物的关联、归属、意义。特立斯从性爱视角窥见了20世纪下半叶美国社会变迁，所以说是“当之无愧的文化史书”。

从中国传统文论中“文”的概念含义的广泛存在，到20世纪六七十年代美国非虚构写作的成就斐然，文学性纪实写作所具有文化承载力特性是这一文体得以文脉不断的秘籍所在。20多年来，随着中国社会的转型，所谓纯文学的虚构叙事艺术，在表达丰富多彩或波诡云谲的现实生活面前已经明显力不从心、滞后乏力之颓势。1998年，记者安顿出版《绝对隐私》一书，这本书有个副标题就是“当代中国人情感口述实录”。这其实是一部典型的非虚构写作文本，正如我们前面对特立斯《邻人之妻》所分析的，它不是写作者为人们提供的性生活指南，而是“当之无愧的文化史书”。《绝对隐私》的价值并不在于满足读者的偷窥癖，而是一本20世纪90年代末中国都市社会的文化面貌和中产阶层的精神状态的真实写照。近几年来，基于网络平台和报纸专刊的非虚构写作亦不乏优秀之作。出身新闻学院的写作者任晓雯的写作就是一例。她连载于《南方周末》的《浮生》系列就是当下社会普通人的故事。她倾听别人的故事，然后用自己的方式写出来，也就是记录他人的口述史，按照自己的理解重写了这些故事。作者认为，不存在纯粹意义上的非虚构写作，她将《浮生》的写作方式形容为“为材料赋予历史学和社会学之外的文学的理解和总结”。① 这种综合最后呈现出来的就是故事的时代文化色彩。

所以，大凡非虚构写作的杰出之作，一般从故事开始，但却结束在故事之外，其所形成的阔深的、开放式的结尾，给读者留下关于故事背景的无限深思。“《邻人之妻》的最后一节，出现了一个奇异景观，特立斯将特立斯对象化、客体化，作为一个被叙述的人在自己的

① 任晓雯：写《浮生》，我试图回到明清笔记小说的语言传统[N]. 南方都市报，2019-05-31.

叙述中出现(这是与阿列克谢耶维奇的有巨大不同的叙事策略)。作家‘特立斯’，俨然化身一位严肃内省的学者——既讲述故事，也揭示真理；既描述各种外在的可见事实，也绘出背后隐藏的逻辑、纹理。”①这正说明，《邻人之妻》并不旨在迎合读者对“性”故事的兴趣，而是在故事之外。特立斯“以身试法”，深入情色场所，为的不过是像人类学家那样对生活的“田野调查”。正是他“研究”大于“写作”的出发点，才成就文本的“文化史书”之誉。

《邻人之妻》②在书的第20部分讲述了一个名叫萨丽·宾福德的人类学家的故事。她在1993年2月20日自杀，留下了一封遗书：

致我爱的人们：

你们中大多数知道我考虑离开已有一段时间了——不是出于绝望或消沉，而是出于让事情善终的渴望。我已足够幸运能有精彩的一生，一大群(难以置信的)朋友和爱人的爱与支持使我的生命无比丰富。我不想让这生命在衰弱和依赖的日子里焦枯。我参加过足够多的赌局，知道在你们领先(或至少平局)的时候退出是明智的。你们中熟悉我生日的人会看出，我选择离开的日子让我可以有如下墓志铭：

永远69岁！

爱和永别，

萨丽

至此，个体生命抵达真正的自由。简短的遗书表达的是个体清晰、毫无纠结的世界观，以及个体对最值得的人生价值体验的最终认可。面对永恒的时空，这是一种对生命的收放自在、自如状态，如夜

① 曾英.“永远69岁”——《邻人之妻》的追求[N].文汇读书周报，2018-09-21.

② [美]盖伊·特立斯.邻人之妻[Z].木风，许诺，译.上海：上海人民出版社，2018：544.

空之的焰火，纵然转瞬即逝，却亦璀璨动人。这份遗书的意味，让人不由想起苏格拉底面对死刑判决时说的那句话："现在分手的时候到了，我去死，你们活着；究竟谁过得更幸福，只有神知道。"

这样的结尾，在读者心中，早已超越了对故事情节的关注，它将结尾开放，将主题升华，将写作从"性"的庸俗内容变成一例社会的、文化的，甚至是有关生命哲学命题的、严肃且隽永的研究，而只有文学性的非虚构写作方臻此佳境。

参考文献

[1][美]杜鲁门·卡波特：冷血[Z]. 夏杪译. 海口：南海出版公司，2013.

[2][美]诺曼·梅勒：《刽子手之歌》[Z]. 邹慧玲，司辉，杨华，译. 广州：春风文艺出版社，1988.

[3]张玉堂. 体现在诺曼·梅勒作品《杀人者之歌》中的存在主义[J]. 甘肃广播电视大学学报，2002(02).

“移情”：文学新闻叙事风格形成的美学路径

“移情”在文学中扮演着重要的角色，特别是在文学新闻的写作中。根据英国哲学家巴斯卡的现实主义理论，现实分为三个层面：经验、实际和真相，分别对应经验、事件和机制。追求事实的真相是文学新闻的终极愿景，文学新闻介入事件，写作者凭借含有一定艺术成分的写作机制，以文本的形式呈现经验。本文以文学新闻的杰出代表杜鲁门·卡波特和盖伊·特立斯为例，分析了移情是如何在文学新闻的叙事中产生作用的，也就是说巴斯卡所谓的“机制”是如何在写作过程中发生作用的。一流的文学新闻作品应该是基于某种经验基础上的，饱含着写作者被真实世界的事件所激发或唤醒的个体生命经验，这正是移情之所以产生的情感土壤。文学新闻所追求的美学愿景不仅仅在于抵达生命、生或存在的真相，而且在于其所能抵达的关于人的存在的哲学高度。正如巴斯卡所说的，它能给读者，至少帮助读者，建立一种个人与世界之间可信赖的“关系”；甚至许诺读者能从所相信和依赖的关系中得到什么，无论读者所相信的在科学的层面上是不是真实的或可经得起科学验证的。

一、个人经验或经验性的事物

“移情”本是心理分析的术语。在心理分析领域，它指求助者把自身对某人某事的情感、态度和属性转移到了咨询师身上，并相应地对咨询师做出反应的过程。在文学修辞手法上，移情则是指写作者有意无意将自己的经验或情感赋予客观事物。对于一个采访者来说，就是将基于自己生活经验的内心感受赋予被采访者身上，或者说被采访者的个人精神与情感，感染了采访者，相互之间产生深刻的精神共鸣。写作者的主体意识在相互感染的事物中，发生深刻改变，物人一体，在接下来的写作过程中，主观性得到强烈表达，发挥出别具一格的修辞效果。最典型就如杜甫《春望》里的"感时花溅泪，恨别鸟惊心"。

因为新闻写作是基于客观人和事基础上的写作。也就是说，无论哪种形式的新闻写作，都不能是莫须有的虚构，必然有一个主客观的二元存在。如此一来，由此及彼的移情修辞机制在新闻叙事——尤其在文学性的新闻叙事中就发挥着关键性作用——是认识并形成独特叙事风格的一个原点性的问题。众所周知，杜鲁门·卡波特的《冷血》文源于一桩堪萨斯的一则凶杀案。1959 年 11 月 6 日刊登在《纽约时报》上的消息不过简单如此："今天，一位富裕的麦农，其妻和两个年少的孩子，在家遭枪击致死。他们皆被捆绑、堵塞后在近距离内被猎枪射死。"按照当时《纽约时报》发行量，至少有成百上千的人读到这则消息，但是，读后感到瞬间有"被痛击"之感的也许只有卡波特。正如他说的："这个犯罪事件，瞬间痛击了我。"①那么，为什么是他？卡波特生性敏感，具有极强的艺术感受力。他从这个看似非常简要的文字报道中立即嗅出某种悲剧的味道。至少，在他看来，整个事情绝对不会只是像报道里写的那样简单，尤其是那个杀手之一的佩里。可以肯定的是，就在他被"痛击"的那一瞬间，移情的可能就已经产生了。

经过长达 6 年的采访、调查，卡波特越来越相信，佩里其实简直就是另一个自己。佩里辛酸的成长过程与卡波特的童年几乎可以相互印证，他们就像是一对兄弟，或悲惨命运的里的孪生子：身体孱弱，多愁善感，过于敏感甚至女性化的情感与行为方式。但同时，他们又都在艺术，比如绘画、音乐或文字方面有某种天分，最让人伤痛的莫

① George Plimpton. Truman Capote: In Which Various Friends, Enemies, Acquaintances, and Detractors Recall His Turbulent Career[M]. New York: Anchor, 1998: 199.

过于他们彼此都有一个糟糕的离异家庭、糟糕的母亲。而且，父母都对这个男孩充满忽视和厌弃。所有这些，都让他们过早地经历了人生的苦难和命运的击打，对其造成的损害成为伴随他们一生的心理阴影，扭曲了他们的人格状态，甚至毁其人生。当卡波特读到这则发生在堪萨斯的凶杀新闻的时候，他当时已经在文学创作的路上奋斗多年并取得令人瞩目的写作成就。然而，童年及成长中的创伤在他的生命落下蚀骨般深刻烙印，致使当他读到这个消息的时候，某种彻骨的疼痛如电流般瞬间从肉体疼到灵魂深处。调查持续6年的时间，他通过各种渠道"重建整个谋杀计划的形成过程，重现凶杀现场，一直到警察追凶、审判及行刑的全过程，于是，某些含混暧昧的沉迷和令人吃惊的移情几乎同时出现在他的身上……"①

移情经验就是双方中的一方开始从对方的角度、视觉开始理解另一些思想和情感状况，而不是从他自己。移情从内在因素促生某种亲社会行为，其思想、情感及行为方式都是一种由内而外的非外力强迫中产生的，因而带有更多的同情和怜悯。研究建议，人们应当提倡人们以移情的方式去理解世界的能力，也就是所谓的"将心比心"的道理，尤其是作为文学新闻写作者。在这里，移情是采访和写作者更好地看清事实和理解事件人物的基础原点。如果写作如图绘画，那么，移情就如同构思和写好一个故事的底色板。卡波特整个将自己沉浸于这个凶杀故事，他带着深深地情感与此久久凝视，甚至在自己和佩里之间形成某种情感的纽带，事实上是几乎过于"移情"于佩里了。1966年1月16日，当乔治·普林顿就《冷血》一书的出版采访卡波特的时候，他还对乔治·普林顿说，他依然深陷此事不能自拔。书是写完了，但从某种意义上说并没有完成。那么，对于文学新闻写作者来说，过度移情到底会带来怎样的后果，本文将在第三部分论述。

盖伊·特立斯是位以缜密的、细节化的精美叙事而著称的文学新闻写作者。他也曾说过，他采访、了解并理解所写对象的最大的途径

① Truman Capote. In Cold Blood [M]. New York: Vintage International, Vintage Books, A Division of Random House, Inc, 2012: 3.

就是"观察"。《佛兰克·辛拉屈患感冒》就是这样的典型之作。但是，特立斯对写作技巧的探索并不止于此，因为他意识到，只是"观察"毕竟是有限制的。20世纪六七十年代，当他计划写一本当时美国人有关性、家庭伦理以及道德状况变化的故事时，他便开始了一场勇敢的、至关重要的亲身实验。这一回，他不再想做一个旁观者，而是想得到最原始的第一手资料，也就是巴斯卡所谓的典型的经验性事件，然后看看是否能看到某种移情和共情的成分在里面。他为此准备了相当长的时间，甚至置自己的个人名誉于不顾，同时也冒着将家庭关系推向危险境地的真正风险。事实上有一段时间，他为此和妻子——南希——几乎冲突到濒临婚姻破裂的境地。1981年于美国出版的《邻人之妻》至今令世界震惊，几乎是理解20世纪六七十年代美国社会文化革命的核心之作。正如特立斯本人所说的，他从来没有认为这本书会和什么色情之作能扯上关系，而且他更认为所写故事也永远不会过时。

从采访、收集资料到成书，特立斯为这本关于美国人私人生活及性观念变化的书花了二三十年时间。他查阅了大量的文献资料，进行了大量的实地考察，梳理出一个本以遵循欧洲清教传统为主的美国，如何将色情业发展成为一个产业（从非法到合法甚至泛滥）的过程，涉及非常庞大的人物谱系和诸多法庭事件。正如他自己说的，这是一场他自己关于性的"奥德赛"。他像一个性消费者一样去按摩院，而且真正成为"砂岩社区"一员，如书里写的："一个身材偏瘦，有着褐色头发、黑眼睛的43岁男人，过去经常光临砂岩俱乐部，包括在舞厅跳舞。"①

无论卡波特的童年有多么地悲惨（被动地），或者特立斯自己的"性之奥德赛"有多么地惊心动魄，他们都完成了罗伊·巴斯卡在他的"批判实在论"里所说的"经验"，虽然仍然是浅层次的，但确是最实在的。他们的这个"经验"是促生"移情"的第一步，将会改变他们

① Gay Talese. Thy Neighbor's Wife[M]. Garden City, Newer York: Doubleday &Company, Inc, 1980: 521.

原有的（或经由自己或从媒体得来的）对事件的看法和理解，当然也改变了下一步的叙事方式，从而引导他们在讲述的过程中一步步接近并抵达人和事的真相、时代和社会的真相。

二、“移情”与文学新闻叙事的美学特质：机制

罗伊·巴斯卡的批判实在论指出：人们至少从三个层面来理解现实世界——经验性的、事实层面的以及真相。这三个层面分别对应于个人经验、事件本身以及如何达到真相的“机制”。也就是说，真相就在事件的叙事机制中显现出来。无论是历史学家、传记作者甚或是小说家，他们无不以追求各类事件、材料等背后的真相为叙事目标，当然也包括文学新闻写作者。对于卡波特和特立斯而言，他们的确亲历事件、拥有“经验”，当其与事件相遇（凶杀案或砂岩社区的生活），移情在此过程中酝酿并生发，最终让他们以不同于其他人的、各自的方式理解整个故事。这种移情不会在叙事里很明显地表现出来，它类似盐溶于水，或者“草色遥看近却无”，让故事沉浸在写作中，并具有美学意义上的风格和氛围，这也就是让一个写作者是他自己而不是别人的唯一性所在。这种叙事风格的形成，就是罗伊·巴斯卡所谓的“机制”——叙事的机制。

“移情”不同于“同情”，也不是一般意义上的恻隐之心。同情是一种“忠诚的感觉”，指和对象一致的情感，而且多是自上而下的情感，比如对乞丐的同情；而移情则倾向于想象中体会，或者至少有了可以想象这种感情的倾向和能力，去感受一种写作者本来未必经历过的事情或境况。怜悯、恻隐之心则指一种比较宽泛对世间人和事的理解与包容之心。如此，可见卡波特虽然并没有杀人，但由于他对佩里产生了深刻的移情。所以，他完全可以体会到当时佩里杀人的心理以及之前之后的种种境遇，正如佩里的痛就是他的痛。特立斯在《邻人之妻》中，之所以能把与美国色情产业发展相关的人与事写得如此生动尤其是冲突或者悲凉之感，是因为他能身临其境地体会并理解那些从事色情产业的人。无论是研究几十年前的资料，还是后来亲自参与

其中，他接近那些人和事，不是居高临下的可怜，更不是对不幸之人的同情。事实上，他看到的不仅仅是不幸，而是对个人命运与时代发展的感慨，是人们对生命困境所共有的纠结的体验，是对存在更深层次的探求，或者更多。他用心感知他们，感知历史，他就活在历史中，活在当下中。这是深刻的移情所产生的效果。

移情如同一种工具，赋予写作者洞察、领悟和透视事物的能力，有助于写作者去感受并发现他自己是否也在被采访者那里得到某种精神的共鸣。假如写作者是“意识主体”，被采访者是“意识客体”，最成功、最完美的采访应该是主客体的意识以一种“合适的方式”交互反应，而移情则是最能帮他们找到这个“合适的方式”。当主-客体意识合适交汇，所谓共鸣就有可能产生。写新闻故事的人，是否和被写的任何事有精神或心灵上的共鸣，是决定其写作风格和能否打动读者的重要前提。最终这种主客之间的意识共鸣将会和写作者的写作才能一起呈现在文本中，并使之具有与其他任何文本都不同的美学特质。这些特质将贯穿整个文本，包括写作者如何理解和塑造人物形象、性格，如何构思故事情节，以及选取并描述细节。正如《冷血》，其叙事风格，与其说是“冷血”不如说是“悲凄”。大凡读完此书的人都会觉得杀人犯佩里似乎并不是一个让人毛骨悚然的冷血杀手，而是可以理解的一个年轻人，敏感、多才多艺，却生来穷窘交加，不幸和损友厮混一起，才最终酿成大祸。读者甚至会认为，尽管确实杀人，但佩里并不是一个真正的邪恶之徒。事实上，如果能够出生并成长于健康、富裕之家，佩里无疑将是个体面人，或者一名出色的艺术家！

卡波特的童年正如佩里一样悲惨。当他开始写作的时候，对他来说自然而然地着迷于那些类似佩里一样的“边缘人”，这也是他之所以被这个故事深深吸引，并在《冷血》一书中，对佩里生发一种混杂着含混不定的魅惑以及令人吃惊的移情的原因。卡波特的早期作品是多愁善感的，是哥特体和美国南方神秘风格的一种混合。当他来到纽约开始为杂志工作的时候，他有意识地学习亨利·詹姆斯的小说理论，并尝试将自己充满神秘幻想色彩的小说创作风格转向、融会于叙写真实故事。《冷血》呈现的并不是什么大悲剧，它最大的美学特质其实是隐含在平静之下的辛酸、凄惨，包括看似和情结没有多大关系的风景描写。有专家指出，书的开头第一段关于事发地，即位于堪萨斯西部高地的霍尔克姆村自然环境的描写，堪比世界一流的纯文学作品："霍尔克姆村坐落于堪萨斯州西部高耸的麦田高地上，是一个偏僻的地方，被其他堪萨斯人称为'那边'。……天空湛蓝，空气清澈而干燥，具有比美国其他中西部地区更加鲜明的西部氛围。……这里土地非常平坦，视野极其开阔；旅行者远远就可以看见马匹、牛群以及像希腊神庙一样优雅耸立着的白色谷仓。"①一个地方之所以能给人留下深刻印象多数是因为那个地方的人和事。作者怀着对在此地发生的悲剧事件的深刻同情和悲悯之心描写环境，看似宁静、优美如画的西部风光下隐含的是对即将发生的、未知事件的紧张感。卡波特用尽他的文学才华去塑造并佑护这个杀人犯，他把被捉的佩里描写得如一个不幸的孩子一样苍白、孱弱和无助。"然而当凶手们在身穿蓝色制服的公路巡警的护送下出现时，人群却寂然无声，仿佛在为凶手竟然也长着人的样子而惊愕。两个戴着手铐的犯人，脸色苍白，在闪光灯的不断闪烁中几乎睁不开眼睛。"②

卡波特写佩里这个人物，无论是有意还是无意，但其最耐人寻味的艺术策略就是"意象"，比如"鸟"，一群五彩缤纷的鹦鹉或一只"黄色的大鸟"。这些变换色彩、飞翔在佩里歌里或梦中的五彩鸟，是能给他带来春天和希望的幸运鸟，是他的幸福天使、他的复仇者、他的无望人生的拯救者。佩里大约7岁的时候梦到这些令他快乐的鸟儿，此后这些美丽的、强大的希望之鸟儿就一直飞翔在他的梦里、他的歌里，直至被行刑的最后时刻，佩里仍然在梦中和他的大鸟在一起。在写到两个沙头第一次见面，也就是佩里第一次出场，作者就写到佩里自小的梦想就是当一名歌手，能在一个优雅的地方向一群优雅的客人

---

① ［美］杜鲁门·卡波特. 冷血［M］. 夏杪，译. 海口：南海出版公司，2010：232-233.

② ［美］杜鲁门·卡波特. 冷血［M］. 夏杪，译. 海口：南海出版公司，2010：233.

演唱自己创作的歌曲。当然，这个相当文艺的歌手，当时自然遭到真正的冷血杀手、同伴迪克的嘲笑：

每年四月，鹦鹉一群又一群，
红色的，绿色的，
还有橘红色的，
飞呀飞，飞过头顶，
我看见他们飞呀飞，我听见它们高高在天上唱歌，
唱着歌儿换来四月的春光……①

在接下来的段落中，佩里又一次向迪克说起他的"大鸟"，当他7岁被送进加州的孤儿院并被残忍虐待时，拯救他的"黄色大鸟"来到他的梦中。孤儿院的修女常常因为他的尿床而打他。"（'她叫醒我，用手上的手电筒打我。打啊打，直到手电筒都打坏了，她还在黑暗中继续打'）之后，鹦鹉出现在他的睡梦中，这只鸟'比耶稣还高，像向日葵般金黄'，是个守护天使，它用喙把修女的眼睛啄瞎，还吃掉她们的眼珠子，撕碎她的肉体，任凭她们无助地'求饶'，然后温柔地托起他抱在怀里，挥动翅膀，飞向天堂。"②显然，在这里，这只"黄色大鸟"就是一个可怜孩子梦中的复仇天使，是他苦难童年的拯救者——小小生命的全部希望。卡波特最后一次写到佩里的"大鸟"是在他将被行刑前夕。"整个夏天，佩里都处于半昏迷状态，他汗水淋漓，软弱无力地昏睡着。各种声音在脑袋里嗡嗡作响，其中一个不断地询问他：'耶稣是谁？耶稣在哪？'有一次他醒来大叫：'鸟就是耶稣！鸟就是耶稣！'"③至此，少有读者不会被触动。

① ［美］杜鲁门·卡波特. 冷血［M］. 夏杪，译. 海口：南海出版公司，2010：14.

② ［美］杜鲁门·卡波特. 冷血［M］. 夏杪，译. 海口：南海出版公司，2010：87.

③ ［美］杜鲁门·卡波特. 冷血［M］. 夏杪，译. 海口：南海出版公司，2010：298.

卡波特写出佩里的这个意象说明，他并不是一个生就的邪恶之徒，他本应该是个有前途的人，过有未来和希望的人生。他的罪或许是可以理解的、可被原谅的，他应该是一个值得原谅和拯救的人。由于卡波特对佩里这种绝无仅有的移情，和另一个杀手迪克相比，他在书中用大量的篇幅叙写了佩里的童年生活和成长经历，他的才华、人格形成以及心理活动，而对迪克的采访仅仅像一个采访者与被采访者那样。无疑，卡波特就如同一个精神上的佩里，他不过在通过佩里讲述自己的故事。在这里，“意识主体”和“意识客体”在不经意中合二为一。此外，卡波特还成功地为他的故事营造了一种悲剧意蕴，从自然风光描写、童年故事倒不时出现的梦与歌里的鸟的意象，使得叙事整体置于一种艺术感极强的美学机制中，读者在其中被深深打动，从而接近或抵达他们认为可相信的世界真相。所以，《冷血》出版后，评论界一致的观点自然不是什么庸俗的杀手故事，也不是什么简单的悲剧，人们从中看到的是“美国梦的破灭”。尽管该书自出版到现在，就故事最后的一些细节是否有虚构的成分，学界内外一直有人在纠缠，但这些都并没有影响到该书所取得的非凡成就。毫无疑问，是主客之间产生移情后达到高度的情感共鸣，引领卡波特在此书中抵达自己写作艺术的巅峰境界。这本书不仅仅是一个让杀手“名垂青史”的凶杀故事，它是一部超越了其时代的作品，它深刻地洞察了美国暴力的本质。事实上，人们的命运似乎是无法选择的，每个人挣扎中的生命，无不显现悲剧性。

毋庸置疑，盖伊·特立斯花了9年时间才完成的《邻人之妻》是一部关于美国文化、道德、人性，特别是20世纪六七十年代时代精神的伟大之作。该书最大的叙事魅力就在于让读者深刻感知，在当时社会占主导地位的保守的清教传统，同人类向往自由解放之本性之间的巨大张力；但更多的则是关于生命本身的自由意义、可抵达的哲学。作者之所以能写得如此深刻，一个重要的原因是他本人就是人物群像之一。

特立斯的写作向来以缜密、精致和细节化著称，但《邻人之妻》的审美风格是多元、复杂的，有历史感、有嘲讽，甚至是苦涩的、充满思辨性的。首先可以看到特立斯以深刻的同情向读者描述了一个叫塞缪尔·罗斯的人物。罗斯是个出版商，仅仅因为偷印《查特莱夫人的情人》而数次被捕，最后一次是在 1956 年 2 月 7 日，特立斯不无悲伤地写道："这个对现状悲观的判断不幸成谶，1956 年 2 月 7 日，罗斯站在法官面前，听到自己被判入狱 5 年，并处罚 5000 美元的判决。塞缪尔·罗斯，时年 62 岁，感到自己的生命如潮水般退去——这生命诞生在喀尔巴阡山脉的小村子里，很可能就要终结在美国的地牢中。"①《查特莱夫人的情人》于 1928 年完成并被禁止出版，直到 1959 年这本书的禁令才被解除。那时，可怜的罗斯还在监狱里。直到 1959 年，仍然有一些新闻摊贩因为卖有色情嫌疑的杂志而被逮捕，但是没有什么能阻止人类在认知世界和认识论方面的进步。于是，带有讽刺意味的一幕出现了：

> 1959 年，芝加哥副警长以出售色情杂志之名，逮捕了 55 名独立新闻商贩。由 5 女和 7 男组成的陪审团，并没有受那些坐在法庭上、手捏念珠和嘴里默默为罪犯祈祷的教会团体影响，陪审团最后投票宣判被告无罪。判决宣布后，法官似乎目瞪口呆，然后从法官席上一头栽倒，不得不被紧急送往医院。他心脏病发作了。②

毫无疑问，争取放宽色情印刷禁令并不意味着鼓励人类在没有道德底线的情况下沉迷于混乱的性行为。该书的在第二十章中，当书的主人公来到砂岩社区，他看到的混乱状态，堪比电影"十诫"里的场景。那个场面就是以色列人违反了上帝为他们制定的十条戒律，集体狂欢于无休止的吃喝玩乐和性放纵，最终受到了上帝(大洪水)的惩

① [美]盖伊·特立斯. 邻人之妻[M]. 木风，许诺，译. 上海：上海人民出版社，2018.

② Gay Talese. Thy Neighbor's Wife[M]. Garden City, Newer York: Doubleday &Company, Inc, 1980: 126.

罚，其中批评的隐喻显然是很明显的。“半明半暗的大房间里，横七竖八的人们躺靠在地板的靠垫上，沐浴在壁炉里散发的橙色光辉中，时掩时现的脸庞，四肢交缠的肉体，浑圆的乳房和游动的手指……金色的长发散落在枕头上……听到叹息，狂喜的哭泣……笑声，低语呢喃，立体声音乐环绕房间，壁炉里燃烧正旺的黑木劈啪作响。”①特立斯的文字叙事能力无疑是精彩到无可匹敌的，但隐含其中的讽刺和批判也的确存在。书中最生动的人物是位叫布拉罗的人，他是个相当成功的保险经理，其关于性爱的冒险之旅几乎毁了他的家庭和全部人生。一开始被砂岩社区主持人约翰·威廉姆森的妻子芭芭拉勾引，当他正开始很享受自己秘密的混乱性快乐的时候，没想到自己的妻子，淳朴、传统的朱迪斯也正一步步被这伙人卷了进来，正是所谓“螳螂捕蝉，黄雀在后”。在此，特立斯向读者描写了如此充满讽刺、苦涩，甚至痛苦和荒诞到撕心裂肺的场面。布拉罗和朱迪斯这对本来很普通也很正常的夫妻，同时在砂岩俱乐部和别的异性在一起。当朱迪斯听到她的丈夫在隔壁房间和一个陌生女人做爱的时候，布拉罗也几乎同时听到在另一个房间朱迪斯和别的男人做爱的嚎叫声。但是，朱迪斯很快就被洗脑了，她已经完全被威廉姆斯性自由的一套说头所迷惑。当布拉罗离开他的房间再回到大厅时，他自结婚以来第一次痛心地感到，朱迪斯不再是他的了。”②且不论宗教戒律，此类所谓性自由的场景已与动物世界无异，甚至连动物都不如。它实质上是对人类婚姻价值的残酷践踏，是对任性底线的狂妄试探，无论是书里的当事人，还故事外的读者，都要不禁发问：人类必定是在什么地方出问题了？

《邻人之妻》的结尾含义多重复杂，引人深思，同时也把该书提升至一种关于存在的哲学高度。结尾提及特立斯专访另一个小型的、

---

① Gay Talese. Thy Neighbor's Wife[M]. Garden City, Newer York: Doubleday &Company, Inc, 1980: 348.

② Gay Talese. Thy Neighbor's Wife[M]. Garden City, Newer York: Doubleday &Company, Inc, 1980: 224.

名叫"阳光公园"的裸体社区："坐在甲板上的人穿戴着百慕大式短裤、帆船帽、泳衣、草帽和墨镜；手里拿着罐装啤酒、保温瓶、晶体管收音机，还有向裸体者挥舞的手帕。船上也传来一些嘘声、口哨声和欢呼声；看了一会儿后，特立斯在甲板上走向前，和其他安静的裸体者分开，面向船只，他认出一些帆船和上面的一些乘客。他也第一次注意到，很多乘客拿着银色的望远镜和黑色的双目镜，他们僵硬地坐在甲板上在水中摇摆，在阳光下眯着眼窥看。那些不加掩饰的窥阴癖者正凝视着他，而特立斯回之以凝视。"①在这种"凝视"与"回之以凝视"的情形下，其画外音就是：这是我们必须经历和面对的现实，是我们的存在状态，也是我们的混乱和困境所在。这是一个认识论和文学写作理论两面兼有的问题：第一，裸体主义者不是什么不同于常人的怪胎，他们正是我们世界的一部分；第二，如果你想写一个故事，你应该有你的故事，你应该站在里面，体验一些东西。若在写作中仅作为旁观者，或者不时像上帝一样出现引导甚或肆意评判迷茫中之众生，不仅会讲好故事，而且还会越来越远离现实的真相。

卡波特和特立斯都是对其所写人和事产生深度移情的写作者，但两种移情还是有所不同，所以，呈现在作品中的叙事效果及美学特质也有所不同。卡波特是通过报纸间接知道的这起谋杀事件，他之所以产生共鸣，主要是因为他曾经有过和杀手之一的同样悲惨的童年。他在感情上对佩里有太多的投入，直到生命的尽头，他才摆脱写这本书带来的精神创伤。所以，《冷血》的美学本质是纯粹的悲剧性和哀伤，在读者那里唤起的情感是哀伤之后的思考，为什么以及如何挽救或避免这种悲剧的再次发生。而在特立斯，他观察和感受到，他的叙述之所以呈现出糅合了多元、讽刺以及苦涩等多味复杂情感，是因为他确实这样做了。他对性相关问题的调查及亲自参与，使他重新审视了历史色情和所谓淫秽案件，进而呈现了时代精神的各种纠结：罗斯的悲剧性意义，法官的讽刺意味，对布拉罗夫妻的遗憾、苦涩、痛心或者

① Gay Talese. Thy Neighbor's Wife[M]. Garden City, Newer York: Doubleday &Company, Inc, 1980: 546.

还有对其他那些不幸卷入砂岩社区的人一丝悲凉之感。这个来自不同移情方式而产生的美学特质呈现过程就是巴斯卡关于人们认识世界过程中（认识论）的“机制”。

三、创造一个人与世界可信赖的“关系许诺”

在古英语里，“真理”一词的词源意义是指“在一种关系中的承诺”。在写作现实中，无论历史学家、人类学家、小说家或记者，他们追求的最高目标其实就是一个“真理”，而不仅仅是事件本身。“一种关系的承诺”意即写作者要尽力给读者一个承诺，而这个承诺就是相信读者可以通过他的故事，建立起一种可信赖的与客观世界的关系，无论这个故事在科学的层面是否必须是真实的。优秀的文学新闻作品，必定是那些因为叙事的美学特质感动了读者的作品。至于如何让自己的故事具备这样的美学特质，那得看写作者是如何接近故事的，如何将自己的生命经验与被写事物对接、交流和共鸣，然后又能将这些交汇的结果用最恰当的文字和叙事能力呈现出。这其实对一个文学新闻写作者的认识能力及写作水平带来了极大挑战。

一般认为，叙事性的文学新闻，也就是讲故事的新闻文本，具有双重性质，如信息性和经验性，但我们应该认识到它的品质其实应该是信息性、经验性和审美性的三角架构。“信息”自然是指故事里的事件，重要的是找到最好的意识的方式（这是建立人与世界关系的基础）来处理事件；从“意识主体”（作者、采访者）到“意识客体”（人物、被访谈者），那是生发移情现象的一个必由的过程。文学新闻试图帮助读者从任何事物本身来理解问题，通过其精彩叙事再现生活在人们内心的感觉。不同的移情状态有可能促成不同的故事叙事方式及文字风格，那是因为写作者将所了解到的事情已经和自己的生活经历、教育背景、成长环境等融合在一起。没有人可能会过完全一样的生活，更没有谁的生活可以复制另一个人。不同的写作者当然有各自在理性和情感方面对待、处理所采访的人和事的方式，继而可能会产生不同的移情状态，以及写故事的状态；最终将呈现出不同的叙事风格，而最终打动读者的其实也正是这种独特的叙事美学特质。在这些作品中，读者深陷于他所看到的故事，注视并思考故事里的生活也反观自己的生活。正如美国马萨诸塞大学新闻系教授诺曼·西姆斯教授说的：“这个过程感动作者和读者，朝着认识、同情的方向，最终抵达生命‘智慧’这个最佳境界。”①

那么，“过度移情”又如何呢？答案肯定是不好。人类拥有镜像神经元，可对他人产生同情。但作为一名文学新闻作家，应该在一定程度上控制他的移情。毋庸置疑，卡波特对佩里有太多的同情。移情的优势在于使故事叙事如此具有艺术性，就像先前的分析一样，整个故事充满了悲哀又疼痛的气氛，更不用说佩里有关梦想与希望之鸟的意象了。过分移情的危险就是，很有可能因为偏爱人物而臆想出一些细节化的内容。多年来，《冷血》被人诟病最多的就是故事结尾部分，有关克拉克一家后事的处理方面有不实之词。此外，卡波特多次谈到，写作此书的前后多年，他整个身心都被深深卷入此书，大有身、心、情及灵魂都被耗尽的感觉。从采访到成书，前后6年，不仅仅让其身体疲于奔波，其整个人的精神也被严重销蚀，以至于最终心灵都受到再难以治愈的深深伤害。卡波特有一次说道，“没有人能知道《冷血》从我这里带走了什么”，“它让我铭心刻骨，差点要了我的命。我想，在某种程度上，它确实要了我的命”。② 事实上，卡波特自此后再不能写出任何东西，个人生活也因此陷入过量酗酒和药物依赖而不能自拔。对于文学新闻写作者最为理想的移情状态，应该是能让作家感受和找到最佳意识方式的移情，促生一种能够充分体现被参访对象生活经验的新意识，然后探索一种完美的叙述机制来把故事讲得精彩，最终为读者创造个体如何认识客观世界的可信的关系。在多数情况下，这个“真相”并不是为读者去发现事物的对与错而呈现的，或

---

① Norman Sims, Mark Kramer. literary Journalism[M]. New York: Ballantine Books, 1995: 34.

② Gerald Clarke. Capote: A Biography[M]. New York: Simon & Schuster Paperbacks, 2010: 398.

者帮助读者去评判某人某事。文学新闻的目的在于揭示我们每个人都寄身其中的生活原本就是每个人的安身立命之所在。因此，从如何将故事主题升华到人的存在这个哲学高度来看，特立斯做得最好。

在《邻人之妻》的最后一章，作者特立斯挺身而出，他站在砂岩社区的所有人们面前，作了一次长篇演讲，解释了他为什么写这本书，并在书中宣布了他想要达到的目标。这说明特立斯并没有被他的“身陷其中”而左右，他的“移情”在他自己的掌控之中。他是在用自己的作品与自己所处的时代作某种对话和抗争，直面传统社会价值观之变化带来的诸多挑战。就像他在书里说的：“‘这个国家’，他说，‘正在逐渐发生一场对感官无声的革命，以及同老派习俗的决裂。甚至我所研究的中产阶级，对电影和书籍中性表达的宽容也与日俱增’。”①如果他也像卡波特一样身心彻底被卷入其中，就不可能作出这些理性的思考。

理性移情给特立斯带来的还不仅仅是这些。作为一流的文学作家，卡波特和特立斯都有信心向读者承诺叙事可以建立真相、接近真理。在卡波特的《冷血》中，作者的态度是非常明确的，像佩里这样并非天生邪恶的人，他的悲剧是由社会和命运创造的，是值得拯救的。而特立斯的叙事“野心”则更深刻，他的叙事也的确抵达了他想要的顶点。在故事的结尾，特立斯写道，岸上的许多乘客毫不掩饰地偷窥着他，“特立斯回之以凝视”。这是书中一个非常有意义的细节。这就像一幅电影的画面，冻结在观众的大脑中，它启发了我们对弗里德里希·尼采(Friedrich Nietzsche)这句话的思考：

> 与恶龙搏斗过久的人，当防自身亦成为恶龙；当你长久凝视深渊，深渊也在凝视你。②

---

① Gay Talese. Thy Neighbor's Wife[M]. Garden City, Newer York: Doubleday &Company, Inc, 1980: 523.

② Friedrich Nietzsche. Beyond Good and Evil [M]. Stanford, California: Stanford University Press, 2014: 146.

尼采在此从认识论的角度，表达了一种对世界的怀疑态度，以及通过理性的又带有某种讽刺意味的逻辑思维，来判断或确认这个世界。"凝视深渊"是某种与黑暗的游戏，与自我的对话反映了审视宇宙的不确定性。人们在认知世界时不能仅仅作为观察者。在观察深渊或"危险的真理"时，人类无法预测或避免某种后果。体现在《邻人之妻》的故事情境中，穿着时尚的、远在岸上瞧热闹的乘客和裸体主义者，包括作家本人，没有谁比谁看上去更优雅或更可耻，没有谁比谁被认为道德或不道德，没有什么价值和是非裁判。因为，此时此刻，似乎任何判断都可能是不准确的。二者都是存在，是长久凝视的存在共同体。

在《邻人之妻》2009 年的新版本中，特立斯添加了"关于书中人物及地点的最新情况"的最后部分，他再次提到那个叫宾福德博士的砂岩社区成员。宾福德是加州大学洛杉矶分校的人类学老师，她于 1993 年 2 月 20 日自杀离世。

20 世纪 70 年代早些时候，砂岩社区共有两位来自科学研究领域的固定成员，其中之一就是萨丽·宾福德博士。萨丽是个迷人的离婚女士，她漂亮、匀称的身体，总是在一个接一个的情人身上不断发挥热情。当生命的衰老随着岁月的流逝点点袭来，她时而反省自己的一生。她觉得，她有着大把朋友的友谊、享受众多情人(想想简直似乎是不可能的)之爱的人生，是如此精彩，简直是不可度量的卓越和非凡。如此非同凡响的生命，她怎么可能任其因生命力的一天天衰朽而慢慢死去？所以，在其临终遗言中，人们并看不到什么耻感或罪感，选择去死，只不过是平静、明智和理性思考的结果。萨丽的最后之语，其实可以看做是一曲生命最后的赞美歌，为生命本身的独立、自由和尊严做的最后背书。在新版书的"前言"中，特立斯说："《邻人之妻》里并无新鲜事，但也从不过时。"所以，该书的主题明显不仅仅限于性伦理或道德问题，那些"永不过时的"，正是人类存在及生命本身所曾有、现有而且将来还必将有的永恒困境。

移情能力是一条文学新闻写作者接近采写对象的重要途径。它促进、激励写作者产生强大的主体意识，并探索自己的主体意识和被采访者“意识客体”相遇的最佳途径，从而为他们的故事找到一种精彩且特别的叙事风格(叙事美学)奠定材料和情感基础。在认知叙事学中，这个过程就是罗伊·巴斯卡尔所说的“机制”。通过这一机制，文学新闻作品揭示了时代精神和生活的真谛，给了读者在现实世界(事件)之下相信真理的承诺。毫无疑问，杜鲁门·卡波特和盖伊·特立斯是最好的，尤其是特立斯，他确实做到了。

探寻人与自然关系，构建人与自然之生命共同体

——中美生态叙事比较

生态文学是一种由文学和生态学交叉而产生的艺术形式，主要是为了反映生态环境与人类社会发展的关系。其以生态思想为指导，以生态系统的平衡、稳定和整体利益为出发点和终极目标。面对逐渐恶化的环境问题，生态文学旨在从文化和精神的角度来影响人们，促使人们思考导致生态破坏的社会及文化问题的深层内涵和动因，从而寻求人与自然的和谐相处之道。

生态文学可分为古代朴素的生态文学和近现代意识的生态文学两种。古代朴素的生态文学源远流长，中国古人早就发展了较为完备的保护生态环境的观念，从早期的老庄思想到《史记》《周礼》以及后来诸多讴歌自然山水的诗歌，都反映出古人对“天时、地利、人和”的注重以及对“天人合一”境界的追求。

与古代朴素生态文学相比，近现代意识的生态文学生态思想更为成熟、发展更为系统。近现代意识的生态文学首先在西方产生和发展起来，是逐渐遭到破坏的生态环境和西方比较先进的意识进行结合的产物。作为一个文学流派，近现代意识的生态文学的源头可追溯到英国博物学家和作家吉尔伯特·怀特的《塞尔朋自然史》，随后美国作家亨利·梭罗、约翰·巴勒斯、约翰·缪尔、玛丽·奥斯汀、阿尔多·利奥波德、蕾切尔·卡森等继承了这一传统，使之延伸至美国。①

---

① ［美］约翰·巴勒斯. 自然之道［M］. 马永波，杨于军，译. 合肥：安徽人民出版社，2012.

近现代意识的生态文学在中国的发展主要在20世纪80年代，随着大量优秀的西方生态文学作品译著传入中国，一批优秀的文学创作者开始重视生态问题的文学创作，他们试图借助文字来表达对中国环境问题及其成因的探究和思考，并以此来唤醒国人的生态意识。不过，尽管中国现代生态文学在很大程度上受到了西方特别是美国生态文学的影响，但同时又具有鲜明的本土特色。本文试图通过研究近现代意识的中美生态文学作品，来对中美生态叙事进行比较分析。

一、美国生态叙事与"超验主义"哲学

美国生态文学以描写自然为主，探索人与自然的关系，打破人类中心主义的束缚，大多以写实的方式描述由文明世界进入自然世界的精神和感官体验。从形式上来看，自然文学属于非虚构的散文文学，主要以散文、日记、自传及书信等形式出现。第一人称是其较为典型的表达方式。美国生态文学大多强调土地伦理和荒野情结，强调人与自然的平等地位，呼唤人们关爱土地并从荒野中寻找精神价值。

美国生态文学的渊源，可追溯到17世纪第一批欧洲移民抵达美洲新大陆，他们不只是自然的旁观者，更是参与者，他们对于荒野的探索与自我认知紧密联系到了一起，正如美国文学品论家彼得·A.弗里策尔所言："正是出于早期美国人将自己与其外在环境构成一体的企图，以及在他们要使自己和所处之地的自然现象和谐共处的努力之中，才产生了被当今人们称为生态文学的美国文学形式。"①

17世纪约翰·史密斯的《新英格兰记》和威廉·布雷德福的《普利茅斯开发史》以"富饶的伊甸园"和"咆哮的荒野"的鲜明对比，描述了新大陆的"自然影像"，从而使自然成为新大陆的人们关注的焦点之一。上述著作以描述性的散文体写就，为日后的自然文学独特文体奠定了基础。18世纪威廉·巴特姆在《旅行笔记》中描述了他在美国东南部荒野所进行的"孤独的朝圣"，形成了荒野生态美观，自然散

① Peter A. Fritzell. Nature Writing and America Essays upon a Culture Type [M]. Iowa: Iowa State University Press, 1990: 10.

文也因此书的问世而成为一种独特的文体，他本人也成为美国生态文学的奠基人。

如果说17、18世纪产生了自然文学的主题、文体和风格奠基人，那么19世纪则出现了自然文学思想与内涵的奠基人，爱默生的《论自然》以及科尔的《论美国风景的散文》，率先为美国生态文学的思想和内涵奠定了基础，而梭罗及以后的自然文学作家的出现，使得自然文学展开了更为广阔的图景。

从内容来看，美国生态文学大多强调摆脱现代化束缚，走进自然，在自然中寻求心灵的宁静和精神的丰富，这种创作倾向在某种程度上受到了超验主义哲学的影响。超验主义哲学是产生于19世纪三四十年代美国波士顿地区的一股浪漫主义思潮，它又被称为“清教土地上的浪漫主义”。研究超验主义的现代历史学家通常将爱默生及梭罗视为这股思潮的主要发起者和践行者，并以前者的《论自然》《美国学者》以及后者的《瓦尔登湖》作为研究超验主义的文本源头。超验主义提倡热爱自然，尊崇个性，号召行动和创造，反对权威和教条；其主旨是让人们回归自然，从人与自然的直接接触中求得精神的升华，这个过程是人与自然或宇宙融为一体的过程，类似东方哲学中“天人合一”的观点。

爱默生被称为“超验主义的代言人”，也是自然文学的先驱。他的《论自然》集超验主义思想之大成，提出了自然文学的重要理念，被称为“超验主义最好的宣言”。在书中他强调精神第一、直觉第一，主张发挥人的超验作用。认为精神渗透人的心灵和自然界，自然界为圣灵之象征，一切自然现象都是某种精神的象征。

梭罗在大学期间接触到了爱默生的《论自然》，接受了超验主义思想，把它视为自己的终身信仰去实践它。1836年，梭罗结识爱默生并加入超验俱乐部之后，他撰写了一系列传播超验主义思想的文章。1845年，他在瓦尔登湖畔建造了那座举世闻名的小木屋，将爱默生抽象的理论付诸实践，使人们感受到了可以触摸的真实自然。“简单、简单、再简单”的简朴生活方式，是梭罗在《瓦尔登湖》中着力强调的。这本书是其对爱默生超验主义的继承，涉及生态、生态文学的某些深层次的问题，它的意义又远远超过了超验主义的范畴。《瓦尔登湖》以四季的变迁为顺序，表达了梭罗身处大自然的喜悦之情以及回归自我的宁静感。他徜徉在青山绿水之间，与大自然融为一体。

尽管爱默生和梭罗都崇尚自然，但又不尽相同。爱默生眼中的自然是一种理性自然、一种带有说教性的自然、一种被抽象升华了的自然。他对自然持一种观望态度，缺少参与感。而梭罗崇尚的自然，充满了令人身心放松的自由美，在这种近乎野性的自然中，他寻找的是孩童般、牧歌式的无拘无束的自由，倡导外在简朴而内心丰盈的修炼。梭罗反对为物质所累，主张摆脱旧的生活方式的奴役，以求得一种生活中的解放，因而其采用的是一种与自然同步的崭新的生活方式。

梭罗的思想对后来的生态作者产生了深远影响。1968 年，安妮·迪拉德以题为《瓦尔登湖与梭罗》的论文获得文学硕士学位，其对梭罗浓厚的研究兴趣也为其后续写作奠定了基础。1971 年，身患肺炎的迪拉德决定深入自然体验生活，她在依山傍水的汀克溪畔度过了四季，写成了《听客溪的朝圣》。该书获得普利策奖，在美国文坛引起巨大反响。从本质上说，迪拉德承袭了美国超验主义的传统。她在汀克溪畔的经历，带有浓厚的梭罗式色彩，以及梭罗式的心灵朝圣意味。

但是安妮·迪拉德所处的时代，同爱默生、梭罗所处的时代已全然不同，现代城市丛林和高科技压迫下的自然，再也没有了 19 世纪简单纯粹的面貌。这使得迪拉德一方面承袭了浪漫主义和超验主义的传统，颂扬大自然的崇高与美丽，并且把体验自然视为与上帝沟通的方式。但另一方面，她对自然又有一种不确定的感觉，有时持某种怀疑态度。这种矛盾使其作品中同时存在着对超验主义的继承与反叛，表现出后现代主义的影响。不过，迪拉德正视了自然的二重性，客观予以了再现，把这种认识贯穿到自己的文字和生命中，形成了自己作品的风格特点。

“我们有别于自然，但又与自然融为一体。”“带着清醒的自我认识走进自然。”这是这一时期生态作品的典型特点。在主观与客观交织的描述中，我们获得了对自然的多面而深刻的认识。《听客溪的朝圣》对身处工业社会和现代文明世界中的人们大有裨益，启迪着麻木而紧张的心灵适时回归荒野，进行阶段性的朝圣和自省；令其在自然中获得心灵的慰藉，在人与自然的生态和谐中体悟人生之美。

梭罗和他的《瓦尔登湖》除了影响到安妮·迪拉德之外，之后又吸引了一大批效仿者。亨利·贝斯顿在科德角海滩边建起了小木屋，写出了经典之作《遥远的房屋》。爱德华·艾比在犹他州西南部的绿河漂流多日，写出了散文集《漂流而下》，书中一章题为“与梭罗一起漂流而下”。20世纪中叶，美国波士顿的一对夫妇效仿梭罗在荒野中生活，并写了《以丛林为家，今日过梭罗的生活》一书，书中第一句话便是：“我们走向荒野，是因为一百年前有个人写了一本书。”安妮·拉巴斯蒂在位于美国东北部山脉中的黑熊湖畔建了一座小木屋，从20世纪50年代一直居住在那里，并以亲身经历写了《林中女居民》。

可以看出，美国生态文学创作深受超验主义影响，一大批作者回归自然，通过书写自然来表达对自然的尊重和热爱。但是，美国作者们在走进自然寻求精神慰藉的同时，还看到了人类给自然带来的伤痛与毁灭。随着环境的恶化以及环境保护运动的兴起，大量的作品开始关注现代化和科技发展与自然生态之间的矛盾，并试图寻找解决之道。

从唤醒人们的环境意识的角度上说，奥尔多·利奥波德的《沙乡年鉴》可以说是先驱之作，它表达了一种几乎是不朽的关于人和土地的生态及伦理观。《沙乡年鉴》以四季为序记录了利奥波德在美国威斯康星州一个农场进行生态修复的经历，从哲学、伦理学、美学及文化传统的角度深刻阐述了人与自然应该具备的关系。此书第一次详细地阐述了“生态整体主义”的思想，指出“自然资源保护是人和土地之间的一种和谐状态。土地指的是所有地面地下和土地上空的一切。与土地的和谐相处和与一个朋友的和谐相处类似，你不能珍惜他的右手却砍掉他的左手。也就是说，你不能爱猎物却恨捕食性动物，你不能保护河流却糟蹋牧区，你也不能建造森林却炸毁农场。土地是一个有机体，它的组成部分就如我们自己的组成部分，相互之间既竞争又合作。竞争与合作都是这个有机体内部运作的一部分。你可以谨慎地对它们加以调控，却不能抛弃它们”。① 另外，利奥波德还在书中提出了“土地伦理”和“生态良心”这两个重要概念。他强调人类对其赖以生存的自然环境要有一种伦理上的责任感，人类要学会尊重自身之外的一切存在，并与之和谐相处。这些重要的思想体现出利奥波德罕见的思想前瞻性，他也因此被称为生态主义的“先知”。

紧随利奥波德之后，美国海洋生物学家及作家蕾切尔·卡逊围绕农药问题创作的《寂静的春天》，将环境保护的问题摆放在政府和公众面前，掀起了世界性的环境保护运动。这本书从陆地到海洋，从海洋到天空，全方位地揭示了化学农药的危害，它既贯穿着严谨求实的科学理性精神，又充溢着敬畏生命的人文情怀。

《寂静的春天》以大量的事实和科学依据揭示了滥用杀虫剂对生态环境的破坏和对人类健康的损害，激烈地抨击了依靠科学技术来征服、统治自然的价值观念。卡逊在《寂静的春天》中保持了其海洋生物学家身份的专业性，她在书中从杀虫剂原理、水循环圈，土壤系统、植被系统四个角度出发，阐述了药剂通过食物链向上积累，导致物种灭绝，并威胁到人类的事实，这些专业性的内容为该书增添了理性色彩。但是，该书之所以产生如此大的影响力，并不仅仅是因为这些专业性的科学知识，更重要的是书中处处体现的生态整体观和生态责任意识。卡逊在“地表水和地下海”一章中写道：由于地下水和地表水都已被杀虫剂和其他化学物质所污染，那么就存在着一种危险，即不仅有毒物而且致癌物质也在进入公共用水……我们再一次被提醒，在自然界没有任何孤立存在的东西。② 卡逊认为大自然是一个严

① ［美］利奥彼德. 沙乡年鉴［M］. 舒斯，译. 北京：北京理工大学出版社，2015：172.

② ［美］蕾切尔·卡逊. 寂静的春天［M］. 许亮，译. 北京：北京理工大学出版社，2015：39.

密的大系统，任何一种生物都与某些其他生物、与其生存的环境有着密切的不可人为阻断的关系；破坏了其中任何一个环节的关系，必将导致一系列关系的损坏以及整个系统的紊乱。而生态责任意识在书的开篇就有所体现，卡逊借助寓言向我们讲述了一个美丽村庄的突变，指出对这个世界和人类造成损害的正是人类本身。卡逊认为人类能力的急剧膨胀是人类的不幸，而且很可能是人类的悲剧，因为这种巨大的能力不仅没有受到理性的约束，而且还以不负责任为标志。她坚定地指出，只有放弃人类中心主义思想和征服、统治自然的权力，才能真正拯救这个星球和属于它的所有生命。

卡逊将科学的理性和对自然的哲学感悟结合起来，深刻描写了“看不见的污染”、看得见的问题。可以说，卡逊改变了公众对环境问题的认知，她指出人类的每一种行为、每一寸赖以生存的土地都与环境问题息息相关，并质疑了我们这个技术社会对自然的基本态度。

进入 21 世纪，关于现代化污染的书写仍在继续。《华盛顿新闻报》环境记者丹·费金通过 15 年的追踪调查写成《汤姆斯河——一个美国“癌症村”的故事》，完整呈现了汤姆斯河水污染和癌症集群的案件；《纽约客》撰稿人理查德·普雷斯顿的《血疫：埃博拉的故事》讲述了人类最早与埃博拉病毒斗争的故事；美国记者奇普·雅各布斯、威廉·凯莉的《洛杉矶雾霾启示录》则讲述了美国洛杉矶市 60 多年来光化学烟雾污染的形成、发展与防治，等等。

总体上看，关于现代化污染的书写基本上都是一种寻根溯源式的书写，作者通过对现实问题的长期关注和深入调查找出生态破坏的根源，通过对过去人类错误行为的揭露来引发人们对自身的反思。恩格斯在过去就明确的指出：“我们不要过分陶醉于我们对自然界的胜利。对于每一次这样的胜利，自然界都报复了我们。”①记者普雷斯顿如今又发出警示：“艾滋病、埃博拉和其他雨林病原体的显现，无疑是热带生物圈遭到破坏的自然结果。这些新出现的病毒从生态被破坏的区域浮出水面，其中许多来自热带雨林破损的边缘区域，还有迅速

① 马克思恩格斯全集(第 20 卷)[M]. 北京：人民出版社，1971：519.

被人类蚕食的热带稀树大草原。病毒走出一个生态系统之后，往往会在人类群体中波浪式传播，仿佛是正在衰亡的生物圈的回声。”①

除了现代化污染之外，关于科技时代如何处理人与自然关系的主题也成了21世纪美国生态文学的重要组成部分。美国资深记者理查德·洛夫的《自然法则：虚拟时代，重拾生活》可谓这一主题的代表作品。洛夫在书中指出，随着现代化发展和科技进步，人类渐渐远离了山川、森林、溪流和原野，成为穴居在钢筋水泥丛林中的动物。尽管人们渴望与自然亲近，但依然选择屈服，像零部件一样在现代丛林中不停奔波。针对人们越来越远离自然的现象，洛夫创造了“自然缺失症”一词，“其最泛泛的解释是意识的萎缩，身边的生活，无论什么方式，我们都渐渐找不到它的意义”。②

洛夫通过开创性的研究、趣闻轶事型的证据、引人入胜的个人故事，向读者展示了和大自然重新联系对人类健康的重要性。他并没有明确指出我们该做什么、不该做什么，而是告诉我们能做什么。在现代化不断发展的今天，自然仍然是我们不可分割的一部分，我们需要有意识地接近自然，在自然和现代化中寻求某种平衡。但是，我们也不需要操之过急，因为“当前科学技术的核心观点是追求效率，但是人与自然的融合是身体、思想和精神的回归，不是一朝一夕就能实现的”。③

综上所述，在超验主义哲学的指导下，美国生态文学朝着两个方向发展：第一类以爱默生、梭罗为代表，他们走进自然并发现自然的伟大和神秘，试图通过与自然的亲密接触来获取精神的丰富与宁静；第二类以利奥彼德·卡逊、丹·费金为代表，他们走进自然，看到了人类在自然身上留下的伤疤，于是通过书写现实的生态问题，以唤醒

---

① ［美］理查德·普雷斯顿．血疾［M］．姚向辉，译．上海：上海译文出版社，2016：17.

② ［美］理查德·洛夫．自然法则：虚拟时代、重拾生活［M］．李晓南，胡敏杰，译．北京：新世界出版社，2015：9.

③ ［美］理查德·洛夫．自然法则：虚拟时代、重拾生活［M］．李晓南，胡敏杰，译．北京：新世界出版社，2015：8.

人们的生态意识，引发人们对自身行为的反思。不管是哪一类书写，美国生态文学始终坚持着一种观念：人必须找准自己在自然中的位置，对自然保持尊重和敬畏。

二、"天人合一"及"道法自然"：中国生态叙事的时代演绎

中国生态文学和美国生态文学之间虽然存在着巨大的差异，但其作为工业文明发展的产物，与美国生态文学拥有相似的社会背景，即都是在现代工业文明所引发的生态危机的严酷现实背景下诞生的。生态思想的成熟也在某种程度上促进中国生态文学的发展。部分学者认为，中国生态文学的兴起得益于欧美生态思想的引进。如王诺、陈初在《生态危机和生态文学》一书中就提道："1949 年初，徐迟翻译的《瓦尔登湖》出版，梭罗的生态思想植入中国文坛的土壤。……80 年代，罗马俱乐部的思想被译介引入，为刚刚兴起的我国生态文学提供了另一重要的思想资源。21 世纪初，欧美生态文学、生态哲学的成就被系统介绍进来，为我国生态文学走向深入提供了重要参照。"①

但是除了欧美生态思想的影响之外，古代朴素的生态思想特别是老庄道家思想对中国生态文学也影响极深。老庄道家思想折射出一种生态学取向，在 20 世纪 80 年代初，正值改革开放之际，经济开发热潮日渐高涨，城市建设开始跨越式发展，农村脱贫致富的愿望越来越强烈；与此相伴，毁灭性的资源攫取和生态破坏也日益严重。90 年代以来，在全面加快经济发展的导向下，追求经济增长速度成为各级政府的中心目标。人们为了获得利润增长不惜牺牲环境、透支资源，导致中国的生态恶化不仅没有得到有效遏制，反而继续加剧，一些环境保护倡导者开始对"人与自然"的关系进行反思。"道法自然"和"天人合一"等思想给中国生态文学做出了积极的思想指导。首先，老庄思想倡导生命本位、强调自然关怀。"道法自然"认为万物是道的衍

① 理查德·洛夫. 自然法则：虚拟时代、重拾生活［M］. 李晓南，胡敏杰，译. 北京：新世界出版社，2015：18.

生物，道在万物之中。从根源来看，万物是相通的、平等的；从价值来看，不同的事物具有不同的价值，且无法取代彼此的价值。而“天人合一”则是对人在自然中地位的确定：人是自然界的一部分，宇宙生命是一体化的。这一思想强调人与自然和谐统一、共同发展的关系，人与万物的相处之道应是尊重自然的客观规律，兼爱宇宙万物的平等意识。以老庄思想为代表的道家自然观所蕴含的丰富生态智慧，为中国生态文学创作提供了一种重建人与自然关系、实现人与自然和谐发展的思维模式和哲学基础。

中国生态文学就是在对中国生态问题的反思和对中西方生态思潮的吸收过程中产生和发展的。通过对中国生态文学作品进行纵向分析，可以发现中国生态文学的发展存在着鲜明的阶段性特征。

中国生态文学的发展始于20世纪80年代。发展之初，中国文学领域并未出现有代表性的生态文学作品，主要是对西方生态文学作品的翻译，如《瓦尔登湖》《寂静的春天》《只有一个地球》等，这些著作的引进为中国生态文学的创作提供了重要的参考资源。80年代中期，少数具有生态意识的作品开始出现，一类是以沙青的《北京失去平衡》和徐刚的《伐木者，醒来》为标志的生态报告文学；另一类则是以李杭育的《最后一个渔佬儿》为代表的寻根文学。这些学者把目光转向了人类生存环境，围绕“人与自然”这一主题进行生态文学作品的创作。

《北京失去平衡》由沙青在20世纪80年代发表，标志着中国生态文学在纪实类报告文学中取得突破。这部全景式报告文学通过大量真实具体的资料，报导了北京严重的缺水问题——自来水源减少、地下水过度抽取导致北京的水位下降，地面失去平衡。这本书将城市建设问题搬到人们面前，指出违背自然规律，一味地追求现代化建设是不可取的，在当时社会引发了极大的反响。而徐刚发表的《伐木者，醒来!》一书被文学界普遍视作中国生态文学发轫的重要标志。为了完成这本书的创造，徐刚的采访足迹从武夷山开始，踏及尖峰岭、西双版纳和天目山各处。从《伐木者，醒来!》一书的发表到之后的30年间，徐刚致力于生态文学的写作，他想通过创作向读者传达这样的理念：“中国传统文化饷我之厚，山川草木赐我之爱。”①在徐刚看来，中国生态文学是对中国传统文化自觉的追求、继承和弘扬，《诗经》《道德经》《孟子》《庄子》《楚辞》等都是中国生态文学的源头。徐刚的作品中有着丰富的数据和翔实的人文地理知识，在其字里行间中我们可以感受到他对现实的严厉批判和对生态问题的忧患意识。

这一时期的生态报告文学主要是对现代化带来的环境问题进行揭露，而寻根文学则更多的是思考现代化过程中人性的异化和人与自然的疏离。在《最后一个渔佬儿》中，李杭育塑造了一个不被工业化文明影响的朴实、固执的打鱼人的形象。尽管整个社会已经遭受到工业化的冲击，他依然迷恋着传统的、古朴的生存状态。这种迷恋和现代化的格格不入最终导致了主人公的悲剧。作者在描写现代工业文明发展的同时，为古朴、人与自然和谐的生存状态的消逝而感到忧虑。《最后一个渔佬儿》充分揭示了现代性的种种弊端：不但改变了生态，还干扰人的生存环境，甚至越来越明显地侵袭人的心灵空间和精神世界。

这一阶段的生态文学作品开始关注环境问题，生态意识开始凸显，但是整体发展还不成熟。大部分生态报告文学以揭露为主，缺乏对人性、人与自然关系的深入思考。而同时期的寻根文学对生态的批判更多的是出于一种乡土中国情感，没有表现出鲜明的生态意识。

20 世纪 90 年代，随着中国现代化进程进一步发展，各种生态问题日趋严重，生态危机的严重局面日益加剧，而且日益蔓延至人类社会的文化、道德、精神领域。生态危机在此阶段已经成为世界性话题，反映在生态文学作品中最显著的特点就是生态危机意识的突出表现。另外，在这一阶段生态文学题材和主题都呈现出多样化发展的趋势。

生态报告文学依然是这一阶段的重心，以徐刚、哲夫、李青松、陈桂棣等为代表的报告文学创作者以客观迅捷、真实生动的问题风格

① 饶翔. 山水草木万类皆我亲朋——生态文学家徐刚的自然行旅[N]. 光明日报，2017-09-24.

对经济发展方式进行了反思，以理性的科学精神探讨经济发展与生态保护之间的悖论性存在，体现了生态意识的发展与成熟。其中，徐刚的长篇系列生态报告文学《守望家园》可谓20世纪90年代生态报告文学的代表作。该书描述了从海洋到陆地、从动物到植物、从中国到外国的生态问题，将“家园”这一概念扩展到整个地球，甚至整个宇宙。作者对现实的人类世界进行了认真和冷峻的解剖和描写，用大量令人震惊的事实报告了地球生态平衡逐渐遭到人为破坏，人类生存环境出现了严重的危机。

同时，值得注意的还有生态小说的发展。生态小说在这一阶段逐渐成为生态文学创作的主力军，可以说成就最高，不论是中篇还是长篇都出现了令人可喜的佳作。代表作有杜光辉的《哦，我的可可西里》、陈应松的《豹子最后的舞蹈》、贾平凹的《怀念狼》、姜戎的《狼图腾》等。这些作品反思了我们的文明进程、历史传统、政治生态、经济生态、文化生态以及思维方式、民族心态与生活习俗，表明人类只有真正从心灵深处敬畏和热爱自然，才可能真正步入与自然和谐相处的生态文明时代。其中，动物题材在生态小说中占有重要比重，特别是对“狼”和“狼文化”的书写。以姜戎的《狼图腾》为代表，该书作为生态文学投射生态智慧的代表作，展现了生活在草原之上的狼、羊、人、马、草、天空等万物组成的相互依存的生态整体。同时，《狼图腾》弥漫着众生平等的光辉，作者写作时的目光不是居高临下的俯视，而是以平视的视角看待草原万物。小说以几十个关于狼的故事片段组合成完整构架，既描写了20世纪70年代的草原游牧生活，形象地揭示出草原万物生态的内在关系，又揭示出作为游牧民族图腾的狼文化对敬畏生命、自然生态尊崇的内在精神。

这些优秀的生态小说作品通过对人与自然关系命题的思考，从不同角度展现了人所面临的自然生态和精神生态问题。作者的思维触角已经深入社会和文化的内核，力图从更深的层面揭示生态危机的根源。

除了生态报告文学和生态小说之外，生态诗歌和生态散文在20世纪90年代也开始崭露头角。与仅描写田园山水的古典诗歌不同，现代诗歌体现出生态意识。在表达方面，现代诗歌也摒弃了古典诗歌中将自然作为情感载体的做法，而是把人当做自然的一部分，反映了人与自然的关系以及人与自然的相互影响。更重要的是，现代生态诗歌总体上构建起一种生态观：对人类主义中心的拒斥和对工业化时代重建人与自然和谐关系的理想。代表作品有于坚的《哀滇池》、昌耀的《暖冬》、沈苇的《高处的深渊》等。

在生态散文方面，则以周晓风的"它们"动物系列、苇岸的《大地上的事情》、刘亮程的《一个人的村庄》为代表，这些散文都在努力阐述人类与生态环境的关系，揭示生命意识和生态文化的内涵。其中，苇岸的散文与其他作品相比短小精致、卓尔不群。其作品深受梭罗、利奥波德等人的自然思想和伦理观念的影响，关注大地上生命的故事，体现出鲜明独特的生态意识。《大地上的事情》呈现在读者面前的是一种久已被熟视无睹，甚至遗忘了的大自然景观：日出日落的时间和速度、迁徙的鸟群、彩色蜘蛛的网……它遵循了"天人合一"的立场，认真体悟、观察和歌唱大地上的万事万物，展示出自然旺盛的生命力。

进入21世纪，全球生态问题一度爆发，生态危机从过去的预言变成了今天的现实，生态危机、生态平衡、生态哲学等与"生态"相关的词成了时代关键词。在这一阶段，我国的生态文学创作走向原生态描绘，呈现出写实的品格。其中，以梁鸿的《中国在梁庄》和徐刚的《大森林》表现最佳。

2010年，梁鸿的《中国在梁庄》出版，该书记述了河南穰县梁庄近30年来的变迁，以近似纪实的手法呈现了梁庄在城市化进程中出现的问题。作者在书中刻画了一个倾颓流散的乡村："村里的新房越来越多，一把把锁头无一例外地生锈着；与此同时，人越来越少，晃动在小路、田头、屋檐下的只是一些衰弱的老人。整个村庄在被房前的荒草、废墟统治，显示它内在的荒凉、颓废与疲惫。就内部结构而言，村庄不再是一个有机的生命体。或者，它的生命，如果它曾有的话，已经到了老年，正在逐渐失去生命力与活力。"①乡村在城市化的

① 梁鸿. 中国在梁庄[M]. 北京：中信出版社，2014：17-18.

进程中支离破碎，人与故乡、人与土地之间的连接也越来越薄弱。农业文明与工业文明在中国的乡村进行着博弈，两者力量的悬殊是显而易见的。梁鸿通过书写梁庄和梁庄中的人的故事，反思城市化对中国乡村近乎毁灭性的破坏。这种破坏不仅仅是环境层面的，更是人性层面的。

除了对中国乡村现状的书写之外，还有一批作者走进森林，阐述人类与森林之间的紧密联系。自 1987 年写出《伐木者，醒来！》以来，多年专注生态文学写作的徐刚在 2017 年推出了他潜心创作 7 年之久的《大森林》一书。全书包括云南山水、大漠胡杨、森林文化说等内容，以报告文学的写实精神和历史溯源的考证手法，运用诗性语言阐述了人类和森林的关系史与文化史，既具诗与思的灵动深邃，更具历史与写实的穿透力。另外，李自国的新诗集《行走的森林》也以“森林”为名并对森林生活重新审视。作者扎根自己少时多年森林基层工作生活的经验，将拟人化的诗思与客观的写实充分结合，描绘出各具生命力的森林树木意象，进而传达出以“行走的森林”为主体的生命之树的鲜活主题。

纵观中国生态文学的发展，可以发现生态报告文学作品最早触及生态问题的社会痛点，并在生态文学之后的发展中贯穿始终。与此同时，诗歌、散文、小说也在生态写作中焕发生命力，使生态文学在主题和表现手法上呈现多元发展之势。另外，我国的生态文学写作始终坚持着“天人合一”和“道法自然”的哲学思想，提倡关怀自然、尊重自然，学会与自然和谐相处。

三、中美生态文学的叙事比较

通过对中美生态文学的分析，可以发现，中美生态文学作品始终围绕“人与自然的关系”进行书写，都企图通过反映严峻的环境问题来唤醒人们的生态意识，呼吁人们重视污染恶化、物质主义盛行等问题，从而推动精神家园和美丽自然的重建。

从目前的作品来看，中美生态文学叙事呈现出以下共同点：首先是敏锐的生命感悟和严谨的科学精神的结合。无论是《寂静的春天》

还是《伐木者，醒来!》，中美生态文学作品总是立足于对世界的感受，抒发对自然环境与生命本身的直觉和体验，并把这种直觉延伸至自然万物之中。当然，这种生命感悟的表达并没有脱离理性思考，中美生态文学都贯彻了严谨的科学精神，作者们利用实事求是的科学调查、精确的统计数据和严密的逻辑分析，将人的活动对自然的破坏状况致使环境恶化的严峻现实呈现在人们的视野中。其次，中美生态文学还体现了深刻的文化批判与强烈的忧患意识的结合。中美生态文学作者总是把揭示危及人类生存的环境问题作为己任，以睿智的眼光审视人与自然的关系，批判“人类中心主义”为代表的自然观念，注重挖掘生态危机产生的社会性原因。同时，他们在揭露批判之外还表现出对生态破坏、人性异化的哀叹和惋惜。

当然，中美生态文学尽管存在着很多相似之处，但因为各自的历史社会背景的不同，在叙事方面表现出各自的特色。

首先，中美生态文学写作的指导思想有所不同。美国生态文学在发展过程中存在着对超验主义的继承与反叛。如果说早期爱默生是“超验主义”的理论家，以精神之眼看待自然，强调在自然之中的精神和情感体验，那么梭罗和利奥波德则作为超验主义的实践者，亲身走进自然、体验自然。而之后的美国生态文学作家艾比和迪拉德的作品则体现出对超验主义的继承与反叛。他们不再一味地回归荒野，而是在对荒野的需求和对现代物质生活的追求的对抗中进行妥协，以寻求两者的平衡。另外，大多美国生态文学作品中流露出宗教色彩。爱默生在《论自然》中指出太阳就是神的象征，他认为大自然中存在人与上帝契合的途径，要去自然中寻找精神信仰。而迪拉德的《听客溪的朝圣》的宗教色彩则更为明显，她把体验自然当作与上帝沟通的方式，她怀着虔诚的心走进自然，探寻自然的复杂与神秘。

与之相比，中国生态文学的写作指导思想则更为复杂，它是中西思想交流碰撞的产物，得益于中西思想的双重滋润。一方面中国生态文学受到美国生态文学思潮的影响；另一方面也将本民族的风俗、历史、典故等加入作品中，从而使其展现出独具特色的本土生态特色。

其次，作品创作侧重点不同。美国生态文学作品是在宣传生态的整体论观点，在批判人们破坏生态环境的同时，同时表现出作家对自然的敬畏之情。大量的美国生态文学作品充满了浪漫主义色彩，写作者以自然为主要对象，在字里行间中表达对环境的热爱，人类只是作为旁观者的角色出现。相比较而言，中国生态文学作品则更侧重于揭露和展示我国生态恶化现象和生态危机，生态题材还不够开阔，讽喻意味大过文学意味。另外，在大多数中国生态文学作品中，人类作为参与者的角色出现。这些作品利用大量篇幅讲述人的故事，描述人对自然问题的发现与解决，并抒发人类对生态破坏的担忧。

通过对中美生态文学的分析和比较，我们能更加深刻地理解人与自然关系，即人是自然的组成部分，无论社会如何发展，人都无法脱离自然独立存在。另外，在和自然相处的过程中，我们必须树立万物平等的生态观；人类必须学会尊重自然，遵守自然规律，寻求与自然和谐相处之道，努力构建人和自然的生命共同体。

总之，生态文学的兴起是社会的需要、时代的产物，其发展也会成为后现代社会的一种必然趋势。从目前来看，中美生态文学应该继续坚持生态整体主义，牢记生态文学的使命："解释自然，挖掘自然的精华，与自然进行情感上的交流，并以精神的色彩重现自然。"从长远来看，应该加强中美生态文学之间乃至世界生态文学的交流对话，促进生态文学跨越国界，实现全球生态文学的创作和发展，从而推动全球生态问题的解决。

中美杂志特稿叙事比较分析

——以《纽约客》和《智族 GQ》为例

随着快餐化阅读模式的普及，媒体为了追求数字化与智能化将新闻逐渐变成“速食”(fast food)以呈现在受众面前。相比那些拥有极低准入门槛的新媒体与自媒体，非虚构写作中的“特稿”成了“另类”。范以锦认为：“当今中国流行的新闻特稿是西方‘新新闻主义’新闻写作主张的继承和发展，是借鉴文学领域的非虚构写作手法应用于新闻领域的一种创新文体……所谓‘新闻领域非虚构写作’就是中国当今流行的一种新闻文体——特稿。”①非虚构写作在新闻领域又称特稿，是许多杂志报纸采用的一种新闻报道形式。但特稿不同于新闻报道，又不能与文学创作相等。比起新闻报道，它具备更丰富的意义指向、更精致的文本呈现、更翔实的故事细节、更能与时间对抗的审美价值。而比起纯文学创作，它具备更为有力的直指人心的力量——真实故事的情感冲击力永远无法被虚构故事完全取代，它不会盲目地追求热点，不会为了博取眼球而成为“标题党”。

“特稿是一种非虚构的、短故事形式。”②《华西都市报》创始人、前总编席文举是当代中国特稿的“催生人”。他认为，特稿的新闻性和文学性是其最大的亮点。在如何进行特稿写作或者如何讲好故事这一点上需要有极大的文学写作能力的积淀。在平常生活中，故事无处不在。而认识、理解世界方式之中，讲故事便是生命力最强的一种，

---

① 范以锦，匡俊．新闻领域非虚构写作：新闻文体创新发展的探索[J]．新闻大学，2017(3)：56-61.

② [美]乔恩·富兰克林．为故事而写作[M]．北京：华夏出版社，1994：256.

从最早的口口相传到评书，再到各种各样平台中的语音和视频，其中讲故事的技术是非常值得探讨的。讲故事又称“叙事”，一般叙事学认为，“叙事是人们将各种经验组织成为有现实意义的事件的基本方法……叙事既是一种推理模式，也是一种表达模式，人们可以通过叙事‘理解’世界，也可以通过叙事‘讲述’世界”。① 由此可见，叙事也是无处不在的。特稿中的叙事又较平常更为引人入胜。叙事本质是一种交流行为，这就必然包含行动主体、客体与受体。而对应在叙事这一行为之中，即为叙事主体、叙事客体与受众。

美国《纽约客》杂志新闻特稿尤为出众。在肖恩主编时期，该杂志青睐现实报道，并且经常贴近社会主题，与政治生活也有所联系。当时《纽约客》对诸如环境、贫穷、种族对抗等主题都有相关报道，例如蕾切尔·卡森(Rachel Carson)的《寂静的春天》(*Silent Spring*)就呼吁公众关注环境恶化问题；杜鲁门·卡波特(Truman Capote)的《冷血》(*Cold Blood*)开创了非虚构文体；20 世纪 70 年代越南战争时期，《纽约客》是“唯一一本没有告诉人们怎么想，没有迎合公众的”杂志，至此，《纽约客》的正直性新闻与创新型报道也由此闻名。② 在肖恩的努力之下，“二战”之后的《纽约客》已经脱离旧时以上层阶级闲谈琐事、生活花絮为主题的风格，转变为新一代美国读者所需要的涉及面更广、内容更深入的读物。

雷姆尼克于 1992 年作为编辑加入《纽约客》杂志社，并在布朗退任后接任主编一职，此后《纽约客》进入其历史上最为新闻化的时期。雷姆尼克在新闻行业工作数年，有着丰富的新闻报道经验。他认为，“我们正处于一个突变的时代，这时人们常常希望得到对重大问题的有深度有思想的回答”。③ 雷姆尼克接任之时，正进入一个新世纪，

① [美]J. 希利斯·米勒. 解读叙事[M]. 北京：北京大学出版社，2002：17.

② The New Yorker - Mr Shawn's 'New Yorker' (1951 - 1987) [J/OL]. [2007-07-26]. The New Yorker. https://h2g2.com/edited_entry/A21723202.

③ David Carr. The New Yorker: Add Hard News, Hold the Glitter[J]. New Yorker Times, 2002(29).

再加上 2001 年美国“911 事件”的影响，公众对于新闻的关注度明显提升，并且教育的进步不断壮大了中产阶级，人们不仅关注新闻信息，更对新闻信息背后的思想有着极大的需求。于是，在雷姆尼克时期的《纽约客》与新闻的关系更加紧密，他延续了肖恩时期深度报道的特点，并逐渐形成了“reportage 专栏”特色。

中国最优质的特稿作品出现在一本非新闻类的刊物之上——《智族 GQ》。作为极少数能够提供特稿创作环境的平台之一，《智族 GQ》出版节奏适应特稿产品，并且它的报道组努力将报道本身质量提升到极致。由于特稿写作周期长，对单篇文章的投入提出了很高的需求，需要大量的人力成本、时间成本、金钱成本。《智族 GQ》总主编何韬近几年写出了几篇令人印象深刻的特稿，由此声名鹊起。比如描写 Facebook“远征军”的《帝吧风云：被互联网培植的愤怒》，描写鹿晗粉丝群体的《每个帝国都有它的秘密——鹿晗的粉丝帝国》，描写“90 后”创业群体的《风口上的孙宇晨》，描写 2008 年汶川地震的争议人物《裸奔者范美忠：汶川地震后，“范跑跑”的这七年》等，也包括《爱情猎头》《为婚姻护航的“小三劝退师”们》等触碰时代感情隐秘地带的文章。在内容方面，建立了公众号“GQ 实验室”，以充满创意的想象力和对时事热点的参与成为 GQ 新的重点品牌，并写下了《赴美产子：没有乡愁的新移民》《17 岁 CEO 王凯歆：风口少女的神通与孤独》等多篇爆红于网络的文章。“GQ 实验室”的非虚构写作也仍然在行业中属于顶尖位置。

因本文着重于《纽约客》与《智族 GQ》特稿叙事之比较，故将重点放在叙事主体与叙事客体上，即从叙事主体、叙事视角、叙事客体与叙事结构出发，分析两本杂志之差异，以期为国内特稿写作有借鉴之处。

一、叙事主体分析

1. 多重叙事者与单一叙事者

叙事主体指的是叙事者，在不同报道中充当公开叙事者、缺席叙事者或者是隐蔽叙事者。公开叙事者一般用于当事人、事件相关人无法呈现事件背景资料的情况，这个身份可以直接“发声”，讲述自身经历所闻所见所感；隐蔽叙事者常将自身藏于故事之后，让整段叙事更加符合新闻的客观主义；在某些采访、对话场景，一般采用缺席叙事者的方式，这种问答形式使得报道更为形象。在《纽约客》众多特稿之中，多偏向于采用多重叙事者以达到完美过渡与衔接的目的。多重叙事者角色自然伴随着多重叙事功能，作者在“讲故事”的过程中扮演不同的角色，自然发挥作用也不尽相同。在《智族 GQ》特稿作品中常见于较为单一叙事者角色，多采用隐蔽叙事者或是缺席叙事者，其叙事功能则是让整段叙事衔接过渡，调节叙事节奏。例如：

> “圣战”的具体方式是“爆吧”，就是为了宣泄愤怒不满，在一个贴吧内集中发布大批相似内容，干扰正常浏览，甚至导致系统瘫痪。作为爆吧界鼻祖，李毅吧享有说一不二的地位，李宇春、东方神起、EXO、乐视……被它讨伐的对象难以计数。
>
> 旁观者难免心生困惑：这些事为什么发生在李毅吧？一个球技并不出众的足球运动员的个人贴吧，何以扮演这样的角色？①

这两段关于“李毅吧”的描述，从“爆吧”热潮延伸至整个贴吧背后在互联网压制之下的无意愤怒，在关于李毅吧的叙事中，叙事者既以隐蔽叙事者身份，又以旁观者身份，来拉近与读者的距离，同时也透露着全知视角。

2. 主体情感流露与避讳情感表达

获 2016 年普利策特稿写作奖的《纽约客》特稿 *The Really Big One*（《超级大地震》）涉及地质、科学、环境、历史等多个领域的问题，女记者 Kathryn Schulz 用她令人印象深刻的时空视野交织成篇，展现了她对文字非凡的驾驭能力。普利策评奖委员会说，文章是对卡斯卡迪亚断层带雅致又科学的叙述，是环境报道与写作的杰作。虽然是一

---

① 何瑶. 帝吧风云：被互联网培植的愤怒 [EB/OL]. [2016-07-22]. http://www.gq.com.cn/topic/news_1543c2f369a5900a.html.

篇偏向解释性的报道，但其中女记者也毫不避讳地流露出对该灾难人类无所作为的逃生主义的批评以及对灾难束手无策的无奈。比如：

> 这个问题是双向的。我们长久以来都对卡斯卡迪亚俯冲带一无所知，是因为我们无法窥见久远的过去。而如今它对我们所造成的威胁，是因为我们无法预见长远的将来。这不是资讯匮乏的问题。如今我们已经心知肚明在卡斯卡迪亚断层线上，在某一天会发生什么。这也不是想象力匮乏的问题；如果你觉得问题出在这，可以看看今年(注：2015 年)夏天上映的由布拉德·佩顿(Brad Peyton)主演的《末日崩塌》(*San Andreas*)——地震是如何摧毁几乎整个西海岸的。不仅如此，整个世界都笼罩在各种末日阴影之中：病毒、机器人、资源短缺、僵尸、外星人、瘟疫。电影画面证实了我们其实长于编写未来的脚本，包括写书悲剧。然而世界末日的景象透露的不过是一种逃生主义，而非道德唤醒。我们从未想过要实际做些什么——而对严峻将来的预见理应要让我们设法阻止它的出现。①

在《纽约客》特稿中极具人文情怀，关注“人”。在上一段描述之中叙事者主动流露出自身想法与情绪，读者都可以听到、看到并且感受到。这里的叙事者担任着公开“发声”的角色，无意隐藏情感而起到对读者的“干预”作用。新闻中的纯粹客观是新闻追求，这种主体意识的流露与国内特稿有所不同。在《智族 GQ》之中，极少看到叙事者的主观情感流露，甚至是在事件性叙事之中也极力避免情感表达，相反却用多处细节描述加以掩饰。例如：

> 在我的强烈要求下，李赫柏用水上摩托载着我沿着有豺狼的岛转了一圈。相比于水晶岛，这个岛面积要小得多，李赫柏说，他曾在晚上远远望见两双发亮的眼睛。摩托开走，我忍不住回

① Kazhryn Schulz. The Really Big One[J]. The New Yorker，2015(20).

头，但并没有经历这样戏剧性的人狼对视的瞬间。不知道对狼来说，那里是否是伊甸园。①

在这段文字中，叙事者没有透露出他的主体情感，但是从“人狼对视”以及“伊甸园”等词语的利用，可以看出叙事者想要让读者一同感受那些中国“岛主”内心的土地领主的眷念，对于这些“岛主”来说，拥有“岛”就是满足内心超越式的精神需求，拥有另一种财富形态的自我满足。

二、叙事视角分析

叙事视角指叙述者观察和陈述故事的角度，在陈述过程中将自身隐藏在文本之后，采用不露声色的表述来达到客观叙述的效果。“事件无论何时被描述，总是要从一定的视觉范围内描述出来，无论涉及的是真实的历史真实还是虚构的事件。”②任何文本在展示出来时都带有一定的叙事视角，客观世界不可能被作者原封不动地照搬到纸面上，在叙述过程中必然会带有一定的叙述策略或描述技巧。叙事视角按不同层面可分为三大类：全知视角和限知视角；外视角和内视角；单一视角和多元视角。

通过对《纽约客》与《智族 GQ》的特稿仔细观察研究，笔者发现《纽约客》进行叙事视角更为多元，在解释式叙事时多采用全知视角以对读者进行知识说明与科普，其科普类文章较为知名，比如《超级大地震》《埃博拉战争基因组技术》。这种视角又称“上帝视角”，作者虽然未曾参与其中，却能对每个人的命运了如指掌。《纽约客》素以“揭丑”或“扒粪”报道著名，这类报道需要对事件前因后果、历史背景以及专业知识等都有所掌握。在这种情况下会采用零焦点视角进行

① 靳锦. 中国“岛主”的精神世界[EB/OL]. [2016-03-01]. GQ, http://www.gq.com.cn/topic/news_114g3e90e011104c.html.

② [美]韦恩·布斯. 小说修辞学[M]. 付礼军，译. 南宁：广西人民出版社，1987：6.

报道。相比之下，《智族GQ》特稿发展还未成熟，特稿主题多集中在事件性报道，采用内焦点与外焦点视角更为普遍。例如：

> 2014年12月23日，王凯歆第一次去“泥巴创客空间”的线下活动，参加研讨预言学畅销书《失控》。“像我这种人绝对不会把这么厚的书去读完，我就直接看了大纲，把一些重点内容看完。”她是个实用主义者，“我能快速发现机会，然后快速学习，去拿到这个机会。我是有目的性的，中间过程跳过，只要达到最终的目的就可以了。我喜欢走捷径，只要最终结果达到了，过程不重要”。她在研讨会上发言，夹在平均年龄三十多岁的一堆人里。“泥巴”创始人陈政说她：“想法挺有深度。”①

智族这篇特稿叙述的是17岁CEO少女的创业历程，把焦点放在事件相关人从她在校成长到她自主创业开淘宝店，并积极去学习参加研讨会等。采用的是内焦点式叙事，要求的背景资料局限于人物本身上。《纽约客》这篇知识型特稿，介绍的焦点则是Joan Murray这个人以及她的诗集。在这段特稿中，叙事视角较为多元，有全知视角来介绍诗集，有隐藏视角来介绍人物经历以及个人信息等，而之所以选择这样的视角则是因为特稿本身讲究真实性，这样符合特稿理念。同时该视角也迎合了受众的阅读习惯，易被接受。在叙事视角选择上，《纽约客》与《智族GQ》存在一定的视角单一与视角多元差异性。

在《智族GQ》上的特稿文章多以第三方描述出现，从人物本身出发来叙述事件。少以“我”的经历来着手叙事。在细节叙事之中，采用外焦点视角，呈现小说描写倾向，细致、精湛的情节场景等描述渲染，接近于可视化叙事。例如：

> 距离飞机降落在洛杉矶国际机场还有1个小时，孙宁宁拎着

---

① 17岁CEO王凯歆：风口少女的神通与孤独[EB/OL].[2016-05-17].GQ，http：//www.gq.com.cn/topic/news_194527cc36942ce8.html.

小包进入洗手间，开始为顺利通关做准备。化妆、穿高跟鞋、绑腹带，目的只有一个，让海关关员觉得自己是一个热爱旅行的时尚女郎，前来享受加州的美好阳光，而非一个怀孕已经近七个月的准妈妈，打算将孩子生在美国的领土上。①

在上面例子中并没有提及“我”的视角，将“我”隐藏。而在《纽约客》中叙事视角较为多元。例如：

我的公寓里有两张桌子，一张用于学习汉语，另一张用来进行写作；一张是霍伟（“何伟”的四川话发音）的，另一张是彼得·海斯勒的。有时候，这样的关系令我纠结不已——在笨拙的霍伟后面隐藏着另一个人，他密切地关注者每一件事情，并把这一切都记下来。我同时过着中国人和美国人的生活，尽管这两者占据着大致相当的领地，却又迥然相异。②

何伟关于中国非虚构写作的作品最为知名，在他给《纽约客》的特稿中，多以自身叙事视角出发；读者阅读起来或许会觉得像是一篇游记，它背后还有更多的社会意义与价值值得探索。在叙事视角层次上，《纽约客》特稿记者大胆采用第一人称，在人称采用方面不拘一格，包括“我们”的利用也较为频繁，给予读者亲近感，拉近了与读者之间的距离。

三、叙事时序分析

不论是虚拟事件还是真实事件，必然是在一定的时间或者是空间内进行的。而在叙事学之中，每一段叙事都可以被分为两部分，一是故事，也就是特稿的内容；二是话语，讲究的是故事叙述的方式。而

① 何韬．赴美产子：没有乡愁的新移民［J］．智族GQ，2014(9)．

② ［美］彼得·海斯勒．江城［M］．李雪顺，译．上海：上海译文出版社，2012.

故事发生的自然时间是客观存在的，不以任何人任何理由的主观原因而改变。但话语可以改变故事的排列结构，也就是讲故事的顺序或者时序是可以根据作者的自身意愿而调整的。

在对具体事实进行叙述时，特稿往往采用与文学创作手法类似的策略，包括顺叙、倒叙、预叙等策略。在《纽约客》与《智族 GQ》特稿文本中可以发现，两者采用的叙事策略较为多元，但《纽约客》叙事略为大胆，部分作品之中策略运用更为贴切。例如：

> 因为解释可浅可深。如你的手指上有一个红色的水泡，因为你碰到了一块热铁；你的手指上有一个红色的水泡，因为烧伤激发了前列腺素和细胞因子的一个炎症级联反应，而其中的调控过程仍然不能被我们完美地解读出来。了解原因、提问为什么，是我们通向各种解释的桥梁，而解释正越来越多地成为掌控医学进步的东西。当 Hinton 谈到棒球运动员和物理学家时，人工或真实人类的诊断医师，将会成为棒球运动员，他们熟练但黑箱。医学研究者将成为医学领域的物理学家，正如来自棒球领域的理论学家一样，但他们有知道“为什么”的渴望。这是一个方便的职责分工，但这是否或许也意味着损失？①

这段叙述采用了插叙的方式，从一开始对癌症病人的细节描述到插入一段作者的思考，进而引发读者跟随作者一起思考：“目睹”癌症诊断的过程，并参与思考——机器让医疗服务是否就更好呢？

> 艾薇告诉我，过去几年间，“鹿饭”们不乏与人爆发矛盾的经历，如今的局面是在冲突中不断成长的结果：“‘鹿饭’们是在风风雨雨的洗礼中成长起来的，到现在的话我们已经是非常有意识地维护自己的形象，也是维护鹿晗的形象。我们要让人知道，

① 把癌症诊断交给机器，医疗服务会更好吗？[EB/OL].［2017-07-31］. http：//dy. 163. com/v2/article/detail/CGRU2CG50511AQHO. html.

我们是一群很正能量的人，我们不是脑残。”她们一方面不能容忍对偶像的攻击伤害，另一方面又忌惮激烈的反击行为会损害偶像形象。因此，我一再从这群二十多岁的女孩们口中听到“克制”“隐忍”这样的词汇。如今，每逢鹿晗获得曝光机会，鹿晗吧总会贴出一篇长长的引导文，提醒“鹿饭”注意言行，“面对黑酸不要与之纠缠”，“坚守素质文明底线”。①

这段叙述则采用了倒叙手法，但是这背后的社会意义相对缺乏，在这篇《每个帝国都有它的秘密——鹿晗的粉丝帝国》的前半部分，采用的是直叙的方式，叙述了鹿晗在现场活动时粉丝的热情并对他各种行为“买单”，然后再导入为什么鹿晗粉丝群这么狂热？这一疑问，试图引起读者共鸣思考，但其内容似乎更偏向“洗白”式的追星狂热。从采访中得到的信息似乎更为局限在正能量与理性追星，这或许跟平常认知有些不符，鹿晗庞大粉丝帝国之后的秘密似乎是会理性追星。

2011年1月20日，总统就职日，俄罗斯的大规模捣乱行径一目了然，中情局、联邦调查局、国家安全局和财政部的金融犯罪科因此组成了联合工作小组。

大选后的第三周，俄勒冈州的民主党人罗恩·维登(Ron Wyden)和委员会中的其他6名成员向奥巴马发出了一封公开信。

在1月的听证会上，维登又进一步施压。

总统就职典礼的两周前，情报官员向奥巴马和特朗普分别做了一次简报，内容是一份由前英国情报官员撰写的尚未得到全部证实的报告。

总体来说，《纽约客》在叙事时序之中采用的策略更为多元，因

① 每个帝国都有它的秘密——鹿晗的粉丝帝国[EB/OL].[2015-12-13]. https://mp.weixin.qq.com/s/twZo1fAzO97f5DzzYL4JqQ.

为语言文化的差异，让读者会有些难以理解，但其表现多样化，采用多种叙事时序，丰富了叙事的内容和技巧，会带给读者有别于《智族GQ》所带来的阅读感受。

四、叙事客体比较

《纽约客》记者大多偏向把焦点剧集在“小人物”身上，包括曾常驻中国的为《纽约客》撰稿的记者 Peter Hessler 笔下，有村庄里最为朴素的乡里人，有涪陵山区某个不知名学校里的学生、老师、教务人员等。特稿更为偏向于平凡人物，常对游离于社会生活边缘或者难以捉摸的人的故事感兴趣。

> 教长开始讨价还价。这家店的主人叫陈雅莹(音)，她和丈夫刘军(音)一起经营这家店。在埃及，别人叫他们 Kiki 和 John。夫妻两个都不高，Kiki 才到教长的胸膛。她 24 岁了，但看起来却像个学生妹，戴着方框眼睛，扎着宽松的马尾。“这是中国货!”她举着衣服，操着带浓厚口音的阿拉伯语争论道：“质量可好了!”她已经把总价降到 160 埃及镑了，相当于 20 多美元，但教长只愿意出 150 埃及镑。①

从表层看，这篇文章将叙事焦点放在两位年轻的中国内衣商，这个群体可以说小众且平凡。在宗教保守的埃及，随着全球化的脚步，中国内衣商带着情趣内衣进入市场，中国和埃及都拥有着极为古老的传统文明，但这背后深层却是表述了中国商人眼中的埃及，中国踏上了讲求经济与效率的现代化列车，埃及却依然停在传统的轨道上，这其中的社会意义也是十分耐人寻味的。去往埃及兜售情趣内衣的中国商人是游离在中国对外贸易的行走群体，而中国记者比较少能注意到这一群体，《纽约客》这篇特稿也是因“人”而生动起来。

---

① 全球化闯入旧世界：中国内衣商的埃及路[EB/OL].[2018-02-27]. http://www.360doc.com/content/18/0227/16/52989797_732914439.shtml.

另外，《纽约客》事件性特稿也非常注重个人的力量，重视个人报道最能够反映社会现实，并且能吸引受众，关注普通个体也能拉近与读者间的距离。例如：

天刚破晓，寒冷的中国北方高原，导演贾樟柯在拍一个喷火者的镜头时不太顺利。男演员口中喷出的火焰低了一英尺，遮住了镜头里其他角色的脸。这是贾樟柯的时装摄影系列开篇镜头。拍完处女作《小武》(一部关于一个小偷的、获奖无数的学生作品)十二年后，贾樟柯受 *Esquire* 中文版《时尚先生》之邀，拍摄一组名为"北京之春"的图片。意欲向他的美学观念致敬，人物似乎也取自他以往影片中人。贾樟柯与摄制组重归煤矿之乡山西——他在此长大并拍摄了他的早期作品。①

上段文字以"全景镜头"开篇，整篇叙事围绕着"贾樟柯"导演，不仅仅局限于"贾樟柯"一生，还有当时的时代背景。政府对电影行业的政策变化，反映出当下社会现实，即"中国并不缺少一位斗士般向体制发起挑战的贾樟柯，而是缺少一位能与体制对话、议价并不断拓宽边界的贾樟柯"。这些正是中国特稿有所避讳之处。

相反，在中国杂志特稿主题中，除了一些知名人物、网络红人的专题报道以外，多以"整体"力量出发，特稿焦点放在集体力量，关注整体。这一点与中国内在价值观符合，即整体利益大于个人利益。在《智族GQ》中，也不例外。

"你们两个是藏族同胞，到那个时候(找到陨石)不知道会不会把我们干掉。"赵兴把手从镇石上移开，指向沙发上的两位藏族向导。地处藏区，需要当地人做引路者，这就意味着，向导同样是集体的一分子。

① 全景镜头[EB/OL].[2018-01-20]. http://blog.sina.com.cn/s/blog_3cedc19b0102v1v1.html.

藏族人吉村笑了笑，“既然是团队一起合作，所有的结果我们大家共享”。

还有一种人的集体身份待定。“我不建议她们上山，第一是为了她们的安全考虑，第二是为了我们的保密。”团队中唯一的女陨猎者说道。所有人把目光聚集在包括我在内的3个女记者身上。①

记者靳景在《疯狂的陨石：天外来客砸出的人世乱相》一文之中开篇便是关于“生死与共集体”的叙事，字里行间流露出中国式的集体主义。尽管近年来中国特稿记者越来越注重关注个人命运，但相比西方这种根深蒂固的关注个人大过关注整体思想，仍还有待于研究与探讨。

五、叙事结构比较

任何新闻故事必然是由事件、人物和环境三要素构成，其中事件是指“由行为者所引起的或经历的从一种状况到另一种状况的转变”。也就是说，事件是一种变化、一种过程，是由故事中所叙述的人物行为及其后果所构成；人物是指故事事件发生和发展的动因，人物使得故事更有意义，本质便是参与到故事之中并有所行动；环境指的是由人物的行为与环境组合起来的实际场面和景况。在特稿叙事中，对事件、人物以及环境的描述不可避免，三者之间常见的关系为因果式叙事结构、剥笋式结构等。

1. 叙事频率：几种叙事频率交错和单一叙事结构

叙事频率指的是一个事件在故事中出现的次数与该事件在文本中被叙述次数之间的关系，包括单一叙述、多事多述、一事多述、概括叙述等形式。《纽约客》特稿中叙事频率出现较为复杂多元，同一篇特稿中多出现四种基本形式的交错。比如欧逸文特稿描述中国铁路发

① 疯狂的陨石：天外来客砸出的人世乱相[EB/OL].[2018-01-29].http://www.gq.com.cn/magazine/news_103g9633a26b80d4.html.

展的文章《铁老大》①：

> ①一个叫朱平的21岁大学生坐到她的位子上，然后发短信给室友，说她要在铁轨上“飞驰”回家了。“就连笔记本电脑的速度也变快了。”她说。
>
> ② D301次列车在翠绿的稻田间向东南海岸疾驰。曹立衡坐在第二车厢最后一个隔间的窗边，对他来说，列车似乎是在漂浮，在转弯时划出绵长优雅的弧线，对面不时有列车开过，两车交会时发出“嗡嗡”的声音。

这两段话分别描述了乘坐D301次列车的乘客大学生朱平以及在美华人曹立衡。这趟在世界上规模最大、车速最快、年份最新的高速铁路上行驶着的“和谐号”动车意味着中国高速发展着的铁路系统，分别展现了两位乘客的心理活动，这种单一叙述手法是描写细节时不可或缺的技巧。

> ①为了赶在2008年内完成第一条高铁线路，他赶着手下的工作人员和工程师日以继夜轮班工作，铺设轨道、修改图纸、开挖隧道。他喜欢说：“牺牲一代人，实现大跨越。”
>
> ②刘志军将他凌乱的黑发往中间梳以掩盖秃顶，戴一副牛角材料的方框眼镜，这种眼镜在党的高层干部中非常流行，以至于被称为“领导眼镜”。
>
> ③他喜欢半夜三更召开会议，并炫耀他的工作习惯。虽然他离权力最高层越来越近，但他从来没有停止过对上司溜须拍马。在一个夏天，当胡锦涛主席乘坐火车返回北京时，刘志军疯狂地跑过站台去迎接，皮鞋都快跑掉了。“我对他喊：‘刘部长，你的鞋！别掉了！’”这个员工回忆说，“但他根本没当回事。他继

---

① BossRail [EB/OL]. [2012-10-22]. https://www.newyorker.com/magazine/2012/10/22/boss-rail.

续满脸堆笑地跑着”。

三段话中，刘志军急功近利、溜须拍马的形象场景反复出现，这与文章中动车事故发生缘由究因交相呼应，进一步揭露了当时中国部分政府官员的腐败问题导致了现实中悲剧的出现。而在描述此次温州动车事故受害人曹立衡时，记者反复提到曹立衡受伤在床的事实与细节：

⑥曹立衡醒来时已经在医院了，医生切除了他的脾和一只肾。他的一只脚踝粉碎，断了几根肋骨，大脑遭到损伤。

⑦曹立衡在挣扎。他在中国的医院躺了5个月，他骨折了，神经受损，被摘除肾和脾，只能慢慢恢复。他一次只能保持几个小时的清醒状态，而且神智很容易迷惑不清。

这些对“曹立衡”受伤瘫痪在床的细节事实重复叙事给读者以怜悯的空间，让读者感同身受这次事故给普通人民所带来的巨大影响。记者多次讲述受害者的遭遇细节，这些细节有着非同寻常的意义。动车事故带来的不仅仅是个人的生理与心理上的巨大伤害，更是对一个家庭的打击。

2. 重复叙事的新颖与叙事节奏的缓慢

前面提到《纽约客》特稿记者常利用叙事频率的多层次以调节故事进行的节奏，让整篇文章读起来跌宕起伏。相比之下，《智族GQ》因多以人物介绍与其经历分享等背景资料式的展现为多，对某一事件深度报道方面稍微欠缺，因此其特稿普遍偏向于节奏缓慢式的叙事特征。比如《智族GQ》最近的一篇报道《GAI：嘻哈匪徒》①，该篇报道围绕着最近大热的嘻哈音乐竞技类节目冠军“GAI”而展开的叙事。可以说，整个叙事都是围绕着“GAI”所崇尚的“匪徒”式的嘻哈风格的

① GAI：嘻哈匪徒[EB/OL].[2017-11-06]. http://www.gq.com.cn/magazine/news_1422f6e208987cf5.html.

行事特色，将焦点集中在“GAI”从录节目到签约成名整个过程与他人产生的不拘一格式的个人色彩。

如“GAI”的个人创作曲目《火锅底料》《空城计》等，成为特稿每一部分的开篇叙事，并从歌名本身展开对“GAI”的描述，《火锅底料》式的匪气、《空城计》式的不羁、《青春》里“锅盖”的学业止步与音乐生涯的开端。整个叙事都围绕着GAI自身创作曲目时的现实经历展开，娓娓道来，让读者感受到这个新时期火热起来的“嘻哈音乐奇才”。

六、总结

《纽约客》与《智族GQ》分别作为中美杂志特稿领域的优秀范本，在特稿叙事写作方式上拥有着属于各自杂志的特色。《纽约客》作为美国中产阶级文艺杂志，素有人文关怀与知识文化的标签，在其众多优秀特稿作品之中，主题丰富多样，知识科普类文章更是广受好评，对于某一事件的深度报道也观点独到。《智族GQ》固然是一本男性时尚风向标的杂志，但其特稿写作也是国内佼佼者，尤其是在才子何韬团队的领导之下，发展势态愈来愈好，其特稿主题多以社会文化现象、知名人物为主题，对某一事件的深度报道类“揭丑”式文章较少，这是两本杂志特稿选题上的最大区别。

在叙事主体上，《纽约客》特稿记者会大胆利用多重叙事者身份，以实现多重叙事功能，包括公开叙事者、隐蔽叙事者以及缺席叙事者；在特稿中可以看到记者灵活切换身份的影子，并且大胆表露记者自身的情感态度。《智族GQ》则多以某种单一式的叙事者身份示众，在手法上并没有比前者更激进。除此之外，在内容上谨遵新闻客观性理想，避免情感表达。在叙事视角层面，前者多采用视角多元化，在人称利用上更为灵活大胆，以第一人称“我们”“我”出现频率较高，以帮助拉近与读者间的距离；后者视角稍微单一，极少出现类似“我们”的表达，多以第三人称出现，呈小说式的叙事形态。在《纽约客》与《智族GQ》特稿文本中，可发现两者采用的叙事策略包括顺叙、倒叙、预叙等手法，较为多元，但《纽约客》叙事略为大胆，善用重复叙事的新颖手法，在部分作品之中策略运用更为贴切。不仅如此，《纽约客》记者偏向把焦点剧集在“小人物”身上，关注人的力量，进入平凡人的生活。相比之下，《智族 GQ》近些年逐渐开始关注边缘群体，但仍略显不足。在这一点上，或许国内特稿可以多多关注平凡人物，将中国特稿作品的深层含义多赋予一层中国精神。

后　记

拙著是本人及所带领的团队成员几年来在中美文学新闻叙事研究方面的一个成果。其中部分文章已刊载于《新闻大学》等国内外期刊，大部分篇章是未经期刊发表的最新研究成果。整部著作既有关于深度新闻的理论上的探索，也有来自中外文学新闻文本的细度研究。叙事学原本就是一种基于文本细度的叙事理论，本书正是从这些代表性文本的原始含义出发，阐述其与更大主题的共鸣性关系，然后利用这种共鸣去重新解读原来的对象。书中各篇之间既有相对的独立性又有内在的逻辑联系。

在此，特别感谢先后参与此研究项目并作出贡献的圣雨、艺欣、谈翀等研究生，他们能积极参与团队工作，准确理解项目方向并在指导下勤奋阅读从而有各自的研究收获。同时，还要感谢美国马萨诸塞大学（UMass）新闻系对我研究工作的支持，因为此书的最后成书阶段正值本人在该系做高级研究学者，无论在办公室工作条件还是在资料查阅方面，我的研究作自始至终都得到系主任 Brian McDermott 和 Kathy Roberts Forde 教授的无私帮助。最要紧的是，感谢 Benjamin Li 同学以他小小少年的无畏勇气陪伴、鼓励着我，令我在新英格兰地区漫长而严寒的冬季，安坐在书桌前以顺利完成此项研究工作。

最后，感谢武汉大学出版社胡国民编辑给予该书出版的大力支持。

感谢你们！